自由是只迁徙的鸟,
一时在这,一时在那,都能听到归家的呼唤:
你们这些造物者,调试着我们的灵魂,直至它成为
我们所有人的考验、需求和权利。

Freedom's a migrant bird,
Now here, now there is heard its homing call:
You makers, tune our souls till it become
Challenge and need and right for all.

桂冠诗人诗选

尼古拉斯·布莱克 桂冠推理全集

The Sad Variety

生死寻踪

尼古拉斯·布莱克——著
叶红卫 刘金龙——译

上海文艺出版社
上海故事会文化传媒有限公司

尼古拉斯·布莱克桂冠推理全集（全16册）
编委会

总策划：夏一鸣

主　编：黄禄善

副主编：陶云韫

编辑成员

（按姓氏笔画为序排列）

丁娴瑶　王琦　田芳　吕佳　朱虹　孟文玉

赵嫒佳　夏一鸣　陶云韫　黄禄善　曹晴雯　彭元凯

名家导读

提起英国黄金时代侦探小说的代表性作家，很多人马上就会想到阿加莎·克里斯蒂（Agatha Christie, 1890-1976）。确实，这位昔时光顾伦敦侦探俱乐部的"常客"，自出道以来，累计创作悬疑探案小说81部，总销售量近20亿册，是地地道道的"侦探小说女王"。不过，在当时的英国，还有一位男性侦探小说家，其创作才能一点也不亚于阿加莎·克里斯蒂，只不过他的身份比较显赫，甚至有点令人生畏。尼古拉斯·布莱克（Nicholas Blake, 1904-1972），这个生于爱尔兰、长于伦敦、后来活跃在诗坛的"怪才"，不但拥有牛津大学和哈佛大学教授、英国桂冠诗人、大不列颠功勋骑士、战时宣传口掌门、左翼社会活动家等多种显赫身份，还在出版大量彪炳史册的诗歌集、论文集、译著的同时，客串侦探小说创作，成就十分突出。说来让人难以置信，他创作侦探小说的原因竟然是囊中羞涩，无法支付居住已久的房屋的维修费。在给自己的诗友、同为桂冠诗人的斯蒂芬·斯潘德（Stephen Spender, 1909-

1995）的信中，他坦言，因为担心失业，一直想写些可以盈利的书。于是，一套以"奈杰尔·斯特雷奇威"（Nigel Strangeways）为业余侦探主角的悬疑探案小说诞生了。

该套小说共计16部，始于1935年的《罪证疑云》(*A Question of Proof*)，终于1966年的《死后黎明》(*The Morning after Death*)，陆续问世后，均引起轰动，一版再版，畅销不衰，并被译成多种文字，风靡欧美多地。直至今天，这套作品依然作为西方犯罪小说的经典被顶礼膜拜。《纽约时报》《泰晤士报文学增刊》《每日电讯》等数十家报刊连篇累牍地发表评论，称赞这套小说是西方侦探小说的"杰作"，"值得倾力推荐"。知名小说家伊丽莎白·鲍恩（Elizabeth Bowen）说，尼古拉斯·布莱克"拥有构筑谜案小说的非凡能力"，"在英国侦探小说史上独树一帜"。当代著名评论家尼尔·奈伦（Neil Nyren）也说，尼古拉斯·布莱克不愧为"神秘小说大师"，"在西方侦探小说从通俗到主流的文学转型中起着重要作用"。①

人们之所以热捧尼古拉斯·布莱克，首先在于这套悬疑探案小说构筑了16个扑朔迷离的故事情节。尼古拉斯·布莱克熟谙黄金时代侦探小说的各种创作模式，在他的笔下，既有引导读者亦步亦趋的"谜踪"，又有适时向读者交代的"公平游戏原则"；既有转移读者注意力的"红鲱鱼"，又有展示不可能犯罪的"封闭场所谋杀"。而且，一切结合得十分自然，不留任何痕迹。譬如，该系列的第二部小说《死亡之壳》(*Thou*

---

① Neil Nyren. "Nicholas Blake: A Crime Reader's Guide to the Classics", https://crimereads.com, January 18, 2019.

Shell of Death》），功勋飞行员费格斯不断收到匿名威胁信，断言他将在节日当天毙命。以防万一，费格斯请来了破案高手奈杰尔·斯特雷奇威。然而，劫数难逃，在节日家宴后，费格斯还是神秘死亡。凶手究竟是谁？为何要选择节日当天谋杀他？谋杀动机又是什么？种种线索指向参加节日家宴的、有可能从谋杀中获益的一些嘉宾，其中包括富有传奇色彩的女探险家乔治娅·卡文迪什，她与费格斯来往甚密。与此同时，奈杰尔·斯特雷奇威也开始调查死者费格斯鲜为人知的过去。又如该系列的第四部小说《禽兽该死》（The Beast Must Die），故事以侦探小说家弗兰克的日记开头，讲述他6岁的儿子突遇车祸，肇事司机逃逸，由此他悲愤交加，展开了追查禽兽的历程。故事最后，复仇者锁定嫌疑人，并潜入嫌疑人家中，准备实施谋杀。然而，当东窗事发，弗兰克却坚称自己无罪。事情真相究竟如何？弗兰克是有罪，还是无罪？奈杰尔·斯特雷奇威依据严密的推理，做出了出乎众人意料的判断。再如该系列的第14部小说《夺命蠕虫》（The Worm of Death），开篇即以死者之口预告了自身的死亡，设置了"自杀还是谋杀"的悬念。死者名为皮尔斯·劳登，是一个医学博士，他的尸体突然出现在泰晤士河中，全身只穿有一件粗花呢大衣，手腕处还有数道相同的刀伤。奈杰尔·斯特雷奇威奉命介入调查，似乎所有家庭成员都对死者抱有敌意，所有人都有强烈的作案动机，包括深受博士喜爱的养子格雷厄姆，次子哈罗德，还有小女儿瑞贝卡——死者曾坚决反对她与艺术家男友的婚恋。随着调查深入，家中发生的又一起死亡事件陡然加剧了紧张局势。恶意谋杀仍在继续，奈杰尔·斯特雷奇威不得不加快脚步。与此同时，他也在一艘腐烂的驳船上发现了令人毛骨悚然的事实真相。

不过，尼古拉斯·布莱克毕竟是驰骋在诗坛多年的"桂冠诗人"，他在构筑上述扑朔迷离的故事情节的同时，还有意无意地融入了许多纯文学技巧。故事行文优美，引语典故不断，清新、优雅的风韵中又不乏幽默，尤其是在刻画人物的心理和展示作品的主题方面狠下功夫。一方面，《酿造厄运》(There's Trouble Brewing)通过一家酿酒厂里的奇异命案，展现了资本家的贪婪、人性的扭曲和底层劳动者的苦苦挣扎；另一方面，《深谷谜云》(The Dreadful Hollow)又通过偏僻山村一系列匪夷所思的恐怖事件，展示了一幅幅极其丑陋的贪婪、嫉恨、复仇的图画；与此同时，《雪藏祸心》(The Corpse in the Snowman)还通过侦破豪华庄园一起诡异的"闹鬼"事件，反映了二战期间英国毒品的泛滥和上流社会的骄奢淫逸、人性丑陋。最值得一提的是《游轮魅影》(The Widow's Cruise)，该书的故事场景设置在希腊半岛东部的爱琴海上，与阿加莎·克里斯蒂的《尼罗河上的惨案》有异曲同工之妙，两者均通过游轮上一起离奇古怪的命案，揭示了人性的弱点与步入歧途的道德激情。

一般认为，尼古拉斯·布莱克对英国黄金时代侦探小说的最大贡献是塑造了栩栩如生的学者型业余侦探奈杰尔·斯特雷奇威这个人物形象。在他的身上，几乎汇集了之前所有业余侦探的人物特征。他既像吉·基·切斯特顿(G. K. Chesterton, 1874-1936)笔下的"布朗神父"，善于同邪恶打交道，洞悉罪犯的犯罪心理；又像阿加莎·克里斯蒂笔下的"前比利时警官波洛"，在与人的交往中十分随和，富有人情味；还像多萝西·塞耶斯(Dorothy Sayers, 1893-1957)笔下的"彼得·温西勋爵"，风度翩翩，敏感、睿智、耿直的外表下蕴藏着几丝柔情。然而，比这些更重要的是，他还像尼古拉斯·布莱克及其几个诗友，温文尔雅，具有牛津大学教育背景，是个学者，以中古时期英格兰和苏格兰诗歌为研究对象，出版有多部相关专著，断案时喜欢"引经据典"。每每，他卷入这样那样的复杂疑案调查，或受朋友之嘱、亲属之托，如《罪证疑云》《雪藏祸心》；或直接听命于警官，如《饰盒之谜》(*The Smiler with the Knife*)、《谋杀笔记》(*Minute for Murder*)；或路见不平，拔刀相助，如《暗夜无声》(*The Whisper in the Gloom*)、《游轮魅影》。

如此种种不凡的作者自身形象和人生轨迹，还屡见于小说的场景设置和其他人物塑造。譬如《亡者归来》(*Head of a Traveler*)和《诡异篇章》(*End of Chapter*)，两部小说均设置了文学领域的疑案场景，而且案情也以"诗歌"为重头戏。前者描述奈杰尔·斯特雷奇威敬仰的大诗人罗伯特·西顿的美丽庄园发生的无头尸案，其人物原型正是尼古拉斯·布莱克昔时崇拜的偶像威·休·奥登（W. H. Auden, 1907-1973）；而后者聚焦某出版公司编辑的一部书稿，许多细节描写来自尼古拉斯·布莱克二战期间担任国家宣传口负责人的经历。又如《罪证疑云》和《死后黎明》，两部小说也都以尼古拉斯·布莱克熟悉的校园生活为场景，案情分别涉及英国的一所预备学校和一所以哈佛大学为原型的卡伯特大学，其中，前者的嫌疑人迈克尔·埃文斯的不幸遭遇，与尼古拉斯·布莱克早年在中学从教的经历不无相似。他被指控谋杀了校长的侄子，还与校长的年轻妻子有染。正是这些原汁原味、源于生活又高于生活的描写,使它们被誉为"校园谜案小说的经典"。

自20世纪30年代起,尼古拉斯·布莱克的这套悬疑探案小说被陆续改编成电影、电视和广播剧,有的还被改编多次,如《禽兽该死》,其中包括1952年阿根廷版同名电影和1969年法国版同名电影,后者由克劳德·夏布洛尔（Claude Chabrol, 1930-2010）任导演。出演奈杰尔·斯特雷奇威一角的则分别有格林·休斯顿（Glyn Houston, 1925-2019）、伯纳德·霍斯法（Bernard Horsfall, 1930-2013）和菲利普·弗兰克（Philip Franks, 1956-　）。2018年,迪士尼公司宣布将依据《暗夜无声》改编的电影《知道太多的孩子》列为常年保留剧目。2004年,BBC公司又再次宣布将《罪证疑云》和《禽兽该死》改编成广播剧,导演为迈克尔·贝克威尔（Michael Bakewell）。甚至到了2021年,英国的新流媒体BriBox和美国的AMC还宣布再次将《禽兽该死》改编成电视连续剧,由知名演员比利·霍尔（Billy Howle, 1989-　）出演奈杰尔·斯特雷奇威。

在我国,由于种种原因,尼古拉斯·布莱克的这套悬疑探案小说一直未能译成中文,同广大读者见面,但学界、翻译界、出版界呼声不断。2021年5月,尼古拉斯·布莱克逝世50周年纪念之际,上海故事会文化传媒有限公司的夏一鸣先生慧眼识珠,开始组织精干人马,翻译、出版这套小说。经过一年多的准备和努力,这套图书终于面世。尽管是名家名篇、精编精译,缺点仍在所难免,敬请广大读者不吝指正。

黄禄善

奈杰尔侦探小传

奈杰尔·斯特雷奇威,是推理大师尼古拉斯·布莱克小说中虚构的一位私人侦探。在1935年至1966年间,作为重要角色出现在16部尼古拉斯的小说中。

奈杰尔年轻俊朗,不拘小节,常以苍白凌乱的形象示人。他是智商超群的学霸,却因性格过于叛逆被牛津大学开除。他性格幽默,行动力超强,气质温文尔雅。稚气面容与老道头脑形成戏剧化的反差。奈杰尔周身散发出儒雅的学者气息,在调查过程中,他喜欢借角色之口,引经据典,让人不知不觉靠近他,信任他,将案子交到他的手中。

在系列小说中,奈杰尔的情感故事同样精彩,他的妻子乔治娅是一名探险家,不幸死于闪电战。之后,奈杰尔又邂逅了雕塑家克莱尔。在奈杰尔生命中出现的两位女性,都是具备智慧、勇气、思想的"独立女性",在古典推理小说中难得一见。

在侦探小说的王国中,奈杰尔这样的侦探形象,可谓独一无二。

人物关系

保罗·坎宁安： 英国人，大学教师，被彼得罗夫胁迫参加绑架行动
彼得罗夫： 克格勃特工
安妮·斯托特： 彼得罗夫的下级
阿尔弗雷德·拉格比： 数学物理学教授，英国皇家学会院士
露西·拉格比： 阿尔弗雷德·拉格比的女儿，八岁
埃琳娜·拉格比： 匈牙利人，阿尔弗雷德·拉格比的妻子，露西的继母
兰斯·阿特森： 家庭旅馆住客
切丽·弗罗比舍－史密斯： 家庭旅馆住客，富家女，和兰斯是情侣
汤姆·弗伦奇－沙利文： 家庭旅馆住客，海军上将，已退休
穆丽尔·弗伦奇－沙利文： 家庭旅馆住客，弗伦奇－沙利文上将的妻子

贾斯汀·利克：	家庭旅馆住客，私家侦探
奈杰尔·斯特雷奇威：	自由侦探，本案中为英国安全部门工作
克莱尔·马辛格：	雕塑家，奈杰尔·斯特雷奇威的女友
埃文：	被克格勃特工所控制的男孩，九岁
斯韦特先生/太太：	埃加斯韦尔村的农场主人
查麦兹：	家庭旅馆老板
吉姆·斯托克：	农场工人
斯巴克斯：	警司
迪肯：	警员
伯特·哈德曼：	埃加斯韦尔村的治安官

目 录

第一章 序章……………………………… 1

第二章 家庭旅馆 …………………… 12

第三章 走私者小屋 ………………… 33

第四章 邮政总局 …………………… 49

第五章 暴风雪 ……………………… 67

第六章 盘根问底 …………………… 84

第七章 小女孩失踪 ………………… 105

第八章 窃听器 ……………………… 127

第九章 咖啡馆受困 ………………… 148

第十章　发现小男孩…………………… 169

第十一章　供认不讳 …………………… 186

第十二章　纸飞镖屋 …………………… 199

第十三章　全面包围 …………………… 222

第一章　序章

"可我不懂为什么……"

"什么为什么？"打断保罗·坎宁安的人叫彼得罗夫，语气咄咄逼人。

保罗·坎宁安惊讶地看着他，那感觉就像是捡树叶却摸到了蝎子。保罗习惯对别人发号施令，而不是像这样受人管教，他接上先前的话："为什么要把孩子卷进来？很明显应该……"

"难道你想直接动手？"彼得罗夫哈哈大笑，"亲爱的坎宁安先生，我已经向你解释过了，这位拉格比教授是个棘手人物，克格勃的特工就算能够把他偷送出国，也说不准要花多久才能撬开他的嘴。我们在这方面的确有一套，但速战速决才是关键。没错，他很难对付，可他有一个弱点。"彼得罗夫对着保罗露出笑容，"我们知道你爱惜幼小，尊敬的先生，不过有时个人的感受要放在后面。"

"我并不认同这种做法。"

"恐怕在这件事上，你别无选择。"

保罗的脸涨得通红。这种感觉就像是巨蟒缠身，起初以为是充满爱意的拥抱，到后来却越缠越紧。不对，更像是被熊抱住，彼得罗夫身材壮硕、肩膀滚圆，像一头大熊。保罗觉得快要窒息了。

"再来一杯咖啡吧？"安妮·斯托特问。这个三十八岁的女人黄脸薄唇、头发稀疏，一双圆溜溜的眼睛闪着狂热分子的光芒。今晚是保罗第一次见到她，起初的方案里面没有她。保罗认为她忠于保守派，就连"匈牙利事件"之类的事也无法对她产生一丁点儿的影响。总的来说，他根本就不了解她，只知道阿克顿①的这间小公寓是她的，还有她在附近的商业电子仪器公司上班。

"我猜，要由她来领导我了。"保罗对着彼得罗夫宽阔的后背说。

"斯托特小姐足智多谋，能够见机行事。"彼得罗夫答道，他正细细查看安妮·斯托特的书柜，没有回头，"有她在，你的工作就能顺利进行……这儿都是些好书，真是位认真的女士！"彼得罗夫又发出一阵爽朗的笑声。

---

① 阿克顿（Acton），位于西伦敦三区。

保罗看着书脊上那些倾向明显的书名,回敬道:"你们隐藏自己政治派系的方式真是与众不同。"想到马上要承受的危险,他不由得话中带刺。

"掩护也有很多种,我的朋友。啊,咖啡来了。"彼得罗夫喝了一口,咂了咂嘴,"好喝。"

"你要吗?"安妮·斯托特不客气地把咖啡杯啪地放在保罗面前。

保罗说:"不用了,谢谢,我无法忍受任何速溶饮品。"

她轻蔑地看着他:"那你想要什么?精选巴西烘焙?去年大人物一声令下,就把两万吨咖啡倒进大海,这事你知道吗?"

"呃,这事可别怪在我头上,我又不是资本家。"

彼得罗夫拍着手:"真不错!你们俩就像亲姐弟一样,蛮横的姐姐,怄气的弟弟。我看都不用教,你们已经进入角色了。"

保罗想:看来,面目可憎的斯托特小姐要扮演自己的姐姐了,之后的两三个星期,他们要待在西部乡村与世隔绝的小屋里,想到这里他就受不了。他环顾四周,在这个公寓房间里,一切布置都显得那么普通乏味,还故作简朴。和这儿比起来,学院舒适的员工宿舍简直是天堂,更别提他在皮姆利科[①]的藏身之处了,那真是充满异域风情的温柔乡。他瞪着煤气灶旁边又旧又小的档案柜,打了个寒战,这种丑陋的实用主义简直就是公寓主人的代名词。房间里灰尘、复印机油墨、传单的味道混杂在一起,弥漫着闭塞思想的气息。

---

① 皮姆利科(Pimlico),伦敦市中心的一个地区,属于西敏市。

"我们何其幸运啊！"彼得罗夫把双手放在他肥硕的大腿上，豪爽地说，"坎宁安先生那么受人尊敬……愿你的好运长久。"

"你是说他任教于那个上流学校？"斯托特小姐不快地问道。

"我是说他能够结交到有权有势之人。幸好他认识牛津某学院的院长，在圣诞节假期租下他的乡村小屋，方便我们现场行动。没错，感谢上帝恩赐的良机。"

保罗抓住机会反击："说话小心点，看，斯托特小姐眉头都皱起来了，她可不信上帝。"

"修辞手法而已，保罗。既然她是你的姐姐，最好开始叫她安妮……我是说，你最好现在就开始叫她安妮。"

保罗脸又红了，说："悉听尊便。"

彼得罗夫说："那么让我来回顾一下计划。12月18日，你在这里领取设备，然后驱车前往'走私者小屋'，记得带好必要的粮食储备。山下一百米处有个农场，可以买到牛奶和黄油。你优秀的姐姐会在21日带着孩子乘火车过来，当天下午6点23分到站，你在朗波特站接他们。在她来之前，你得对外宣布去那里的表面原因，也就是你要在安静的地方写书。"彼得罗夫接着压低了声音问道："那么，你在写什么书呢？"

"我，嗯，我还没……"

"注意，注意啊，保罗，这样回答可不行。你得重视细节，不但要想好你写什么书，还要真的开始写。只要有一个漏洞，你编的故事就会露馅。"

"我的上帝！我认为这些神秘兮兮的行为都很荒谬……"

安妮·斯托特说："彼得罗夫对你怎么认为不感兴趣。"

彼得罗夫接着说："你或许觉得荒谬，但你的生命，还有比你的生命更为重要的事情，都在此一举。你和安妮一定要让未来的邻居牢牢记住你们的身份，姐弟俩和另一个姐姐的孩子一块儿度假，因为这个孩子最近病了，需要呼吸乡村的空气。在到那儿之前，安妮会教你记住关于她的家庭、成长环境、工作等必须记住的事情。别忘了乡下人对陌生来客充满好奇，你们的说辞不能有任何矛盾之处，否则会引起流言蜚语，甚至是别人的疑心。"

闷热的房间里，保罗·坎宁安听着彼得罗夫的声音隆隆作响，如同催眠一般，也许洗脑的感觉就是这样。事情办完之后，不允许使用小屋的电话，除非有紧急情况。山下半英里[①]处的埃加斯韦尔村有一个公用电话亭……伦敦方面会给目标人物打电话，安妮负责接应……第一步计划是在五英里外的家庭旅馆，由他俩执行……要花多久才能让对方屈服还不得而知……

保罗抗议道："但他会马上报警的，然后我们就完蛋了。"

"我们会明确告诉他不能报警。他爱他的孩子，不会希望发生任何不愉快的事情。"

"但是，就算他被迫给了我们想要的，他的孩子还是会知道我们在哪，我可是用真名租下那小屋的。"

[①] 1英里约等于1609米，下同。

"孩子会在晚上才被送到那里，一个小孩很难辨认后窗看到的景色……"

"事实上，你根本不在乎我之后会怎么样！"保罗喊道，"我猜你和安妮会逃到外国去。"

"你的确是在冒险，而我们冒着更大的危险。你只要记住，如果不赌一把，肯定就完蛋。之前我们可是说得很清楚了。"彼得罗夫把他粗壮有力的手臂伸过头顶，打了个哈欠，"还有，这个孩子是可以牺牲掉的。"

煤气炉嘎吱作响，发出砰的一声。发着霉味的狭小房间在保罗面前好像一下子收缩了，让他觉得透不过气来："听我说，你的意思不会是……"他喉咙发干，说不下去了。

安妮·斯托特发出一声冷笑，说："看来保罗觉得我们是在玩丢手绢的游戏。我可怜的弟弟，没人想让你当刽子手。"她敲了敲桌面上盖着的毡子，接着说："你能不能理解大局为重？拉格比这次取得的重大突破，意味着西方大国在反导领域领先了我们五年。一旦我们的行动失败，帝国主义就能在这段时间里面为所欲为。你说五角大楼能抵御攻打我们的诱惑吗？战争意味着数十万儿童的死亡，远不止拉格比的孩子这一个。"

"恕我无法苟同……"

"这是在浪费时间。"彼得罗夫插嘴说，"如果坎宁安先生现在打算退出，就让他把小屋转租给你，安妮，你得另找帮手。但是，我的朋友，你是知道后果的，你已经陷得太深了。"

保罗非常清楚后果。他想起了自己的童年，母亲是一贫如洗的寡妇，而现在，他有了称心的工作，过着优越的生活，在南非还有一个严厉的叔叔，会给他留下一大笔钱，前提是他没有卷入任何丑闻。彼得罗夫只消动一个指头就能让这一切消失。

保罗把对拉格比教授的孩子的同情抛在脑后，他说："我不会退出。"

"那再好不过了。"彼得罗夫用胳膊搂住保罗的肩膀，给了他一个熊抱，"我从来不觉得你是个胆小的家伙。"

保罗看到安妮·斯托特怀疑地盯着他，这个贱人，这个黄脸婆贱人，还有她荒谬的政治口号和偏执。"我只是想说，拉格比在交出他的科学发现或机密之前，可能会联合警察布下陷阱。"

"亲爱的保罗，在这些事情上你还嫩了点，拉格比会知道，出卖我们根本不可能。"

"为什么？"

"我们有一个朋友安插在家庭旅馆里。"

"天哪！你们可想得太周全了，你是说窃听电话？"

"为了防止教授耍花招。"彼得罗夫开怀大笑。

保罗突然对这个男人感到畏惧。彼得罗夫这样的雄性角色，也许正是保罗从幼年时心中就缺失的父亲形象。

"那个'朋友'是谁？"

彼得罗夫摇摇头："哦，你不能问这个，连安妮都不知道。在这个游戏中，棋子之间的相互了解越少越好。"

"所以我们只是你的棋子罢了？"

"每个人都是棋子。"安妮不耐烦地说，"受到历史需要的支配。"

保罗不服气地说："所以在这件事情中，彼得罗夫代表了历史的必然性？"

"不，不对，保罗，我并不是上帝，我只是棋盘上的另一枚棋子。"

"不过，你是颗厉害的棋子。你是象？"

"说得好！说得太好了！"彼得罗夫露出孩子般的热情，"你觉得我是象吗，安妮？穿护腿，大肚子上戴个围裙，适合我吗？"

斯托特小姐挤出一丝笑容，讨好的同时又带点儿不以为然。

"你设的局太厉害了。"保罗说，"你怎么预料到拉格比一家会去唐库姆的那个家庭旅馆？"

"简单得很。他去年就在那里过圣诞节，应该是想暂别工作去休息一下。经过一番调查，我们发现，今年圣诞节他还打算去那儿。在拉格比教授工作的地方也有我们的特工，可惜他的级别不够高。"

"这个人就是你安插在家庭旅馆里的'朋友'吗？"

"当然不是，你太天真了，保罗。"彼得罗夫微微一笑，仿佛被自己的话逗乐了，嘴里露出几颗镶金大牙。他在思考，在梳理他们的卧底在家庭旅馆监控拉格比的整个过程，想着到时能不能配合无间。彼得罗夫喜欢精确，要避免手忙脚乱，不留任何漏洞。他看了一眼安妮·斯托特，她坐在桌旁，双手轻轻地放在膝盖上。一个优秀的工作者，纪律严明，聪明机智。她以前没有参加过秘密工作，英国的反间谍情报机构抓不到她任何把柄。他又看了一眼保罗，这个年轻小伙子则是另一回事，他还算机灵，但不可靠，因为他道德上有些怯懦，这个缺点，加上只有他能租到走私者小屋，正是请君入瓮的原因。他显然不希望关系破裂，只会象征性地反抗一下，如此说来，把绞车再转一圈，给他再加点码也没问题。

"之前有过一个麻烦。"彼得罗夫说，"我们发现，家庭旅馆在圣诞期间都订满了，好在后来，有一位预约的客人出了点意外。"

彼得罗夫一边说一边观察着保罗·坎宁安，果然，他的表情从饶有兴致突然变得一脸惊恐。彼得罗夫继续说道："你明白我的意思吧，亲爱的保罗，这不算什么致命的意外，当然，也不是说致命的意外就不会发生。"

安妮·斯托特看着保罗，心想，这个年轻的傻瓜什么都相信，搞定他就像探囊取物一样轻松。资产阶级的教养，加上詹姆斯·邦德式的幻想，她本以为，即使无知如他也应该知道，组织禁止个人暴力。当然，暴力有时也有必要，为了消灭反革命，为了保持 S 国与列强的平等地位，但这必须得到最高级别的批准。

斯托特小姐的幼年在索尔福德[①]的贫民窟度过，但打那之后，她连一次出于愤怒的动手也没有再目睹过。她的精神世界是由抽象概念、标语口号和图表数据组成的，在这个世界里，包括绑架儿童在内的任何事，都与个人情感无关。她不会被情感左右，这也正是她被选中的原因。女性是这个任务的关键，尤其是一个对孩子的恳

---

① 索尔福德（Salford），英国的一座城市，位于大曼彻斯特都会区。

求毫不心软的女人。

"那么，还有别的事吗？"她冷冷地问道。

保罗这时才如梦初醒。自从他们向他展示了足以毁掉他的力量之后，他的生活就一直被笼罩在愁云惨雾之中。尽管他欺骗自己说，如今也没人再来勒索他，不如假装这桩倒霉事已经莫名其妙地过去了，然而，他还是深感不安。今天晚上，情况更是急转直下。他隐约听到彼得罗夫和安妮的谈话，话虽简短，但那些看似平凡的细节更增加了不真实的感觉，仿佛从他们嘴里冒出来的不是言语，而是某种流质，像雾一样在昏暗的房间里盘旋，向他扑来，把他裹在一个茧里。

"好吧，保罗，我们再会了。"彼得罗夫的声音带着淡淡的美国口音，闯进保罗的噩梦。

"就一句话。"保罗说，"我一定要和你单独谈谈。"

"你的楼梯上没装窃听器吧，安妮？"彼得罗夫一阵大笑，猛地抓住保罗的上臂，把他带了出去。楼梯很暗，大厅里散发着公猫和消毒剂的气味。

"什么事？"

"那些照片，我什么时候能拿回来？"

"现在就给你。"彼得罗夫从宽大的大衣口袋里拿出一个信封，"拿去。如果你不相信我，你可以看看照片。就是这些照片，没错吧？"

在大厅昏暗的煤气灯下，保罗满脸羞愧，匆匆看了一眼照片。彼得罗夫的视线越过保罗的肩膀看去："真的，太稀奇了！"

保罗舔舔嘴唇，说道："底片呢？"

"事成之后会还给你的,我们不会……"

"不行,你们不能这么做。我怎么确定你们会还我?"

大个子彼得罗夫使劲地捏住保罗的胳膊,说:"你没法确定。你可能会收到底片,但是底片也可以拷贝。你只要相信你的老伙计彼得罗夫,毕竟,我们也相信你。不,不,别这么担心,我们会没事的,你是个好人,我已经很喜欢你了。"

这个父亲一般的角色轻快地走到街上。保罗沮丧地爬上楼梯,安妮·斯托特还坐在桌旁,连姿态都没有变换。煤气炉砰砰作响。

"你准备好向我汇报。我们最好继续往下说,我的火车9点50分出发。"

这个女人安静地坐在那儿。保罗突然幻想彼得罗夫把他推出门外之后,转身用消音手枪把她打死。

"你还好吗,安妮?"他的声音有点颤抖。

"我当然没事,我只是在思考。保罗,你要记住的第一件事,就是带一罐法国芥末,我可受不了英国芥末。"

第二章　家庭旅馆

12 月 27 日

圣诞节后的星期四，露西·拉格比是家庭旅馆里最早醒来的客人。她喜欢早起，因为每天想做的事情太多了，时间完全不够用。壁炉架上有个钟，秒针上的小丑不停地把自己从横杠上拉起来，现在是 7 点 10 分。圣诞节收到的礼物凌乱地堆在小房间里：父亲送她的蓝色连帽夹克、埃琳娜送的黑色紧身裤袜随便地搭在椅子上，穿着爱德华时代滑冰服的漂亮娃娃面朝下躺在窗台上。露西对洋娃娃的兴趣在一年前莫名消失，那时她七岁，刚开始上马术课。床头柜上放着一盒蜡笔、一堆海雀系列图书和一本练习本，练习本上有她新写的小说的开头几章。

露西抖了抖披在肩上的黑色长发，迅速起床，打开电热炉，拉开窗帘。外面，天开始亮起来，草坪尽头的榆树上现出秃鼻乌鸦的身影，懒洋洋地叽喳叫着。榆树交叉的枝干后面，远处的村庄苏醒过来，亮起了点点灯光。草坪仿佛洒上了月光，露西怔了几秒，才意识到原来是下过雪了。妙啊！她想坐平底雪橇，看来得彻底修改今天的日程了。

冲动之下，露西想立刻跑进隔壁房间，告诉父母这个好消息，让父亲去买个雪橇，要么就自己做一个。随后她意识到，即使是在假期，也得顾及某些成年人的规则。

窗边很冷，露西打开顶灯，回到床上之前，她走过镜子，看了一眼里面的自己。一张很熟悉的脸，瘦瘦的小脸蛋，皮肤白皙，灰色的眼睛分得很开，长长的深色睫毛。"你好呀！"她对自己说。

"哎呀，这孩子真是个美人儿。"这句话是露西到家庭旅馆的第二天，无意中听住在旅馆里的海军上将说的。老将军还接着对埃琳娜说："她长得像母亲，对吧？"埃琳娜只好解释说，她是露西的继母。

埃琳娜是个超级好的继母，完全不是童话里写的那种，露西向学校里的朋友吹嘘过很多她的光辉事迹：埃琳娜曾是匈牙利的著名女演员，在"匈牙利事件"中，她英勇斗争，后来想办法逃离自己的祖国，来到了英国，几年后，父亲和她结婚了。露西想起了她在婚礼上听到的一件事，一位客人对另一位说："她长得很像卡罗琳，是不是？"另一位回答："没错，我敢说这就是阿尔弗雷德娶她的原因，他曾经如此深爱着可怜的卡罗琳。"卡罗琳是露西的亲生母亲，在她三岁时就去世了。

回到温暖的床上，露西思考着，对她来说，埃琳娜从没犯过什么愚蠢的错误。埃琳娜没有试图讨好她，没有拐弯抹角地要她说好话，也没有怠慢过她。她没有想从露西那里套取关于她亲生母亲或父亲的秘密。当然，埃琳娜有点情绪化，在她情绪不好的时候，露西已经学会了谨慎克制，不去打扰。父亲的解释是，这种情绪化来自埃琳娜的演员特质，还有部分是因为她在祖国的时候，经历过可怕的事情。

埃琳娜和爸爸关系融洽，露西觉得这点也很棒。埃琳娜状态好的时候热情似火，她能让爸爸打开心扉。爸爸有时非常严厉、冷淡，甚至不公平，男人都这个德行，但是露西能感受到爸爸有多爱自己，她从没因为爸爸偶尔的暴脾气而记恨。露西不能忍受的是大人之间的争吵。自她记事以来，爸爸和埃琳娜几乎从没吵过架，所以两个月前，她不小心撞见他俩吵架的时候感觉糟糕透了。爸爸一直把露西生母的镶框照片放在桌上，一件微不足道的小事罢了，埃琳娜却想把照片收起来。谁都能明白她的意思，没有哪个妻子喜欢进房间的时候接受来自前妻的审视。另一方面，想来也奇怪，埃琳娜竟等了这么久才提出要求。那张照片现在已经不在桌上了，而露西也尽可能把目睹这一幕时的愤怒和泪水藏到脑海深处。

露西隐约意识到，从那以后，他俩的关系不那么好了，原因成谜。她知道父亲在政府部门兢兢业业地苦干，从他的神经过敏和心不在焉能看出他在努力解决什么关键问题。而埃琳娜的低落情绪似乎持续得更久。某一天，当爸爸带着胜利的喜悦回到家时，露西感觉埃琳娜的反应中缺少了什么，并没有全心全意地回应他。

露西思绪一转，开始计划起小说的新篇章来。小说的女主角，也就是她自己，应该和坏人一起被大雪困在家庭旅馆里，然后她乘着雪橇逃跑，带着警察回去抓获整个团伙。

在隔壁房间，埃琳娜·拉格比醒了。她一夜没睡踏实，此时把头埋进丈夫的肩膀，想要挡住清晨的阳光。他们做爱的那一刻，能让她暂时忘却烦恼，之后，她的思绪又不由自主地进入了他们自己挖掘的可怕隧道之中。

阿尔弗雷德·拉格比仰面躺着，头脑清晰无比，再次回味自己和团队所取得的胜利。在获得突破的一周时间里，他感到筋疲力尽，一切变得索然无味。现在，他的状态回来了。未来也许会有其他问题出现，但在这一周左右的时间里，他要集中精力给小露西一个完美的假期。

兰斯·阿特森醒了，身边睡着切丽，家庭旅馆登记簿上她用了"阿特森夫人"的身份。他把她前额的刘海往后拨，用胡须在女孩脸上轻点几下，她还在熟睡。兰斯瞥见地板上的吉他，上面压着一堆切丽的衣服，他盘算着要不要用一阵刺耳的音乐叫醒她。还是算了，在这个讨厌的地方，引起的关注越少越好。他想到，这是二十五年来，自己头一次在一个女继承人的身边醒来。他站了起来，俯视这位大人物：圆圆的、黯淡的脸上眼睑浮肿，两眼下面有些青色，凌乱的黄发平直而没有光泽,嘴唇灰白。她这样子当然不是性感小猫芭铎[①]。他拉下被褥,端详着她平摊的胸脯,形状就像两块没有发好的布丁。

麻烦的是,她看上去如此天真。当然,她很年轻,但也没那么年轻,就像早熟的孩子,这具女人的身体和孩子的脸看上去有点不搭。也不是说她在床上的表现不好,兰斯想,是她自己投怀送抱,我也没办法,我怎么能剥夺她的乐趣呢?

"快点,我的养老金,醒醒吧!"他摇晃着女孩肉嘟嘟的肩膀,"起床啦,小包子。"

海军上将弗伦奇-沙利文[②]伸手找到床头柜上的假牙装进嘴里。另一张床上,他的妻子穆丽尔正在打鼾,她从床褥和面膜下露出的脸活像暴躁的哈巴狗。上将没有看她的脸,他打开一本书,是他认识的一个印度神秘主义者写的,但是这本书并没能带他寻找到灵魂的宁静。"世俗之物,皆为永恒的影子。"上将想,书中的这句话一点都不假,但我还是多要一些影子吧。他的妻子醒来之后,一定又要开始絮叨仆人的问题、生活费不够、维持门面的钱不够,还有损失惨重的投机生意,所有钱都打了水漂,只剩下减半的退休金。他妻子向来就满腹牢骚,喜欢喋喋不休,上将每天都饱受其苦,但他仍然爱她,她年轻时

[①] 碧姬·芭铎(Brigitte Bardot)1934年出生于巴黎,法国电影女明星,昵称"性感小猫"。

[②] 英语里有些人名是"双姓",即double surname,一般情况下可以是两个姓氏的组合。

真是靓丽多姿。他把东方智慧之书丢到地上,重新开始思考。他已想尽了一切办法,甚至考虑起了一个怪人给他出的点子,他妻子坚持叫这个怪人"神秘人"。

住在拉格比教授一家隔壁的是贾斯汀·利克先生,他运气好,在离假期没几天的时候抢到了这个房间。他坐起身来,双手抱在脑后,庆幸着自己敏锐的眼光,现在要盘算的就是施加压力的时机,还有多大压力最恰当的问题。一开始,最好是蜻蜓点水,免得对方慌不择路,然后需要逐渐加大马力。当然,眼前的情况与平时不太一样,他干的不是自己的本行,对象又是不到法定年龄的人,而且,这回的事情也不由他做主。

奈杰尔·斯特雷奇威丢下正在梳妆的克莱尔·马辛格出门了,早餐前,他上草坪转了一圈。东风吹了几天,依然刺骨,薄薄的一层积雪也许日后会有益处。奈杰尔想,很难想象他的才能要在这儿施展。

奈杰尔曾为安全部门工作过几次,几周前,他又受到召见。任务很简单,密切注意在唐库姆度假的阿尔弗雷德·拉格比教授。拉格比工作的机构为他提供了充分的保护,但是他的脑袋里藏着重要机密,是敌方求之不得的东西。最近安全部门人手不够,忙不过来,没有办法派人监控,派奈杰尔去纯粹是例行公事。拉格比这人绝对可靠,他不像有的研究员那么书呆子气,他完全能够照顾自己,就算在战争期间的特别行动中也没问题。对奈杰尔来说,此行算是愉快的免费假期。

"但是要掌握好分寸，老伙计。"部门的头儿对奈杰尔说，"拉格比的脾气有点暴躁，不喜欢有'保姆'在场。没必要暴露你的秘密身份。当然，除非……"

"他的家人呢？"奈杰尔问。

"他有妻子，是二婚，还有一个八岁的女儿。"

"他的妻子是什么样的人？"

"以前是女演员，为人非常热情，已经加入了英国国籍。"

"加入之前呢？"

"匈牙利人。"

"我的上帝呀！"

"好了，奈杰尔，别激动。我们对她的身世掌握很充分。她在'匈牙利事件'时与政府斗争，斗争的意思是在筑起的街垒上用冲锋枪射击敌人。S国方面介入后，她设法转移到了奥地利边境。"

"她在自己祖国没有家人吗？"

"她的父母都已经死了，没有兄弟姐妹，她的丈夫在战斗中牺牲了。她和第一任丈夫有一个孩子，在边境的一片混乱中，母子被迫分离。真是人间惨剧，当时她把婴孩托付给一个男伴，他们冲过边境的无人区域，大家冒着枪林弹雨到达安全地点时，她回头却看到地上躺着那个男伴的尸体，婴儿就在他身旁。她想冲回去抱孩子，其他同伴只好拼命阻止，可怜的女人差点发狂。一个月后，她听说婴儿已经死了。"

"嗯，听上去是没什么问题。"

"不要大惊小怪，奈杰尔。我们已经调查她不止一次了……"

奈杰尔在草坪上踱步,回忆当时的谈话。冬天寒冷的阳光洒下来,家庭旅馆仿佛是安全的代名词,这座十八世纪的庄园从容地经历了一代代地主的传承,变成了现在的样子。里面的八间卧室只租给"合适的人",旅馆老板挑人的眼光从不出错,恐怕是受了遗传的影响吧。奈杰尔不禁想,也许这回老板看走眼了,来了年轻的阿特森和他的女伴,那个行为荒唐的女孩切丽。不过也可能老板并没有看错人,切丽虽然出言不逊、举止无礼,但不难看出她家庭出身不错,尽管她努力隐藏,却是藏不住的。

早餐时,奈杰尔看到桌子对面坐着切丽,她身旁两人是兰斯·阿特森和贾斯汀·利克。家庭旅馆保留了中世纪庄园的标准,午餐和晚餐都使用长餐桌,但吃早餐时客人不想要过度亲密,所以分桌坐。切丽的脸上毫无血色,穿着宽大的黑色毛衣,衣服上别着支持核裁军运动的徽章。

"哦,我这人烂透啦,总有一天会精神失常。"她在回答利克的时候这么宣布,她的声音尖锐而单调,好像木板砸到地上一样打破了平静。

弗伦奇-沙利文夫人听了这话,表情就像在圣餐仪式上被人捏了屁股。

克莱尔小声对奈杰尔说:"切丽如果不注意,可能真的会变成那样。"

上将咳嗽了一声,他声音温和,说话有点大舌头:"依我看还会下雪,有大雪欲来的感觉。风停了,这不是好兆头。"

露西立刻对拉格比说:"哎呀,爸爸,妙极了,对吧?我要堆雪人,能给我弄一台雪橇吗?我还从来没有坐过雪橇呢。"

"当然可以了,一件一件来,亲爱的。我们在这还要待一个星期。"拉格比声音洪亮,说话带有约克郡口音。

上将从桌子上探出身来,说:"露西,你们也许会在这儿多住几天。上一次这儿下大雪还是在1947年,大雪封山超过了两个星期。"

小女孩向他眨了眨眼,说:"那太好了,不是吗?埃琳娜,爸爸不能回去工作了,我们会在一起很久很久。"

奈杰尔听不清拉格比太太低声回答了什么,但他突然感到一阵深深的悲伤,也可能是担忧。她能忘记那次冲关卡的可怕经历,还有倒在雪地里的尸体吗?这是一张饱经风霜而与众不同的脸,瘦骨嶙峋,面颊凹陷,头发灰白,眼睛就像井水一样深邃。不过,还是埃琳娜·拉格比的声音更令他印象深刻,那是女低音的音色,响亮、隐隐透着忧郁。

在家庭旅馆的第一天晚上,奈杰尔看到克莱尔盯着拉格比太太,感觉到她雕刻家的手指在蠢蠢欲动。

"能当你的模特了。"他后来说。

"是的,你说她会愿意吗?"

"为什么不去问她?做半身肖像?"

"半身不行,我想做全身像。流泪的尼俄伯[①]。"

奈杰尔为她敏锐的洞察力所折服。来这工作期间,他什么也不能

---

① 译者注:尼俄伯是古希腊神话女性人物之一。她是底比斯王后,因自己引以为傲的十四个子女全被杀而哀痛不已,宙斯将她化为石头后仍然流泪不已。

20

透露给克莱尔，也没有提到埃琳娜死去的孩子。

到了今天喝下午茶的时候，上将的预言似乎失误了。雪在慢慢融化，蜿蜒的乡间道路变得泥泞不堪。

离旅馆五英里的埃加斯韦尔村高地上，积雪未化，约一两英寸[①]深。通向村庄的小路高低不平，过了斯韦特先生的农场，就到了走私者小屋，正和保罗·坎宁安、安妮·斯托特一起走着的男孩名叫埃文。他身体发育很慢，看上去不到九岁的实际年龄，脸却显得成熟，一张苍白的瘦脸有点干瘪，小尖脑袋上顶着最近才允许留长的浅黄色头发。

埃文是个彬彬有礼的男孩，他特别不爱说话，不过，这对他的"舅舅"和"阿姨"来说不是问题。长途跋涉到异国他乡，一切交给两个完全陌生的人做主，已经够奇怪了，可埃文短暂的一生就是这么不同寻常。他已经习惯被当作没人要的包裹，贴着标签，长期流离转徙，经过一站就换个标签。一路走来的苦难教会他最好不要去问问题。此刻，他想起了他们对他许下的承诺，这个承诺会开启特别美好的未来之门。埃文把手伸到粗糙的蓝色毛衣前，抚摸着他隐藏的秘密、他的护身符、他的身世之物。

一个雪球正中他的后颈，"来玩吧，埃文，别发呆了，小伙子！"保罗舅舅说。

埃文茫然地看着他，擦去脖子上的雪，困惑地问道："但是，丢雪

[①] 1英寸等于2.54厘米，下同。

球是有教养的行为吗？"从他几乎完美的英语口音能够得知，他受过良好教育。

"有教养？天哪，是的，也许在人民民主国家扔雪球没有教养，但在这个落后愚昧的帝国主义国家是允许这么做的。"

埃文俯身做了一个雪球，半信半疑地扔向保罗舅舅。他们经过农场，体态丰满的斯韦特太太看着在雪中酣战的两人，从窗口对着他俩微笑，心想：坎宁安先生真是个好小伙，他的姐姐伊夫莱医生却是个母夜叉。她根本看不起人，不让我的小家伙们和那个可怜的小男孩一块儿玩，还说什么他刚刚大病一场，需要安心休养。黄脸婆母夜叉，容不得孩子们开心，愿上帝保佑她的病人。

"你们最好赶快停下，保罗。"这时，传来了"黄脸婆"的喊声，"不要让埃文兴奋过头了。"

他们走进农场大门，走私者小屋就在后面，一共两层楼，楼上有着哥特式的窗户。这是一座与世隔绝的小屋，屋子建在山坡上，山高陡峭，避人眼目，从前面可以俯瞰广阔的乡野，屋后则看不到任何风景。屋里足够舒适，尽管陈设有些简朴，但和牛津学院院长的身份相称。客厅里炉火烧得正旺，屋子背面有一排白蜡树保护着，抵挡东风的侵袭。

保罗已经开始喝茶，安妮问埃文："明天想做什么？明天是你在这儿的最后一天，最好充分利用时间。"

"那我能做什么呢？"小男孩沙哑地问道。然后，他大着胆子说："可以去看电影吗？"

"恐怕不行，亲爱的。听我说，乡下只有晚上才放电影，可你的火车6点10分发车。"

"那我回伦敦以后想看……"

"好的，埃文，不过不要兴奋过头了。"

"不会的，伊夫莱医生。"保罗插嘴说道，"无论如何，他都不会兴奋过头。"他的声音里有一种刺耳的苦涩，让安妮·斯托特不由自主地扬起眉毛。在这整个过程中，他很可能会心软，但她没想到来得这么早。

"再吃一个面包，埃文。"她说。

家庭旅馆里，下午茶刚刚结束。埃琳娜·拉格比和她丈夫上楼写信去了，其他人聚在装了大片护墙板的会客厅里，抢占靠近壁炉的位置。这场角逐中，弗伦奇-沙利文夫人、兰斯·阿特森和切丽三人的竞争已经进入白热化。

"别人也喜欢暖和的地方，阿特森先生。"首先发难的弗伦奇-沙利文夫人占了上风。

"那是自然，女士。火是人类原始的渴望，就像传说中的那样，起先是那个叫普罗米修斯的精明阴谋家满足了这种渴望。"

"我根本不知道你在说什么。"刚才发难的女士高傲地答道，她故意动作很大地转向切丽，"我年轻那会儿受的教育是，年轻人应该给长辈让座。"

"呃，我完全理解。"切丽慢吞吞地说，"我个人觉得，我自己比下面的这块石头还要老。"

贾斯汀·利克过来打岔,这个相貌平平的男人神情如同记者一般专注又清醒:"简直胡说八道,阿特森夫人,你看起来年轻迷人。我的意思是,当我这是夸奖吧。"

"夸奖个鬼。"兰斯咕哝着,黑色胡须上露出闪着白光的牙。

利克先生追问道:"我以前肯定在什么地方见过你。是不是见过照片?还是在新闻里?"

"这么问就像有人对一个埃及人说'我想不起来你的名字,但这顶土耳其帽我很熟悉'。"兰斯说。

露西听了这话扑哧一笑,她正躺在地毯上用粉笔画画。

弗伦奇-沙利文夫人说道:"就在战争打响之前,我和我丈夫在埃及度过了一段非常愉快的时光,他当时驻扎在亚历山大港。"

"那你看过肚皮舞吗?"切丽问道。

"没看过,亲爱的。据我知道,他们那里连芭蕾舞团都没有。"

兰斯·阿特森抬起头,问:"但是你们有很多奴隶吧?"

"是仆人,那当然了。这群人没什么骨气,瞧瞧那个纳赛尔[①]有多失败,不过,我一直认为他们能成为出色的仆人,殷勤有礼,无微不至。"

"和这个国家的正好相反?"

"你说的没错,利克先生。下等阶级完全没落了。我们是福利国家,

[①] 译者注:迦玛尔·阿卜杜勒·纳赛尔(1918年-1970年),埃及军上校、政治家,1954年至1956年任总理,1956年至1970年任总统。他对苏伊士运河的国有化导致了1956年与英国、法国和以色列的战争。

如今没人愿意当仆人了。上将和我之所以不得不离开斯托克特伦顿的漂亮房子,正是因为找不到仆人。我敢说在伦敦仆人肯定好找,斯特雷奇威太太。"

"也不一定。顺便告诉你,我叫克莱尔·马辛格。"

"大名鼎鼎的名字。"利克先生说,他的声音盖过了弗伦奇-沙利文夫人的疑问,"马辛格小姐是我国雕塑届的领军人物之一。我非常欣赏你上次的展览。"

"你可真会讲话。"不知为什么,眼前这个男人让克莱尔直起鸡皮疙瘩,可怠慢一个无辜的人又似乎很残忍,于是她问道:"你最喜欢哪件作品?"

利克先生犹豫了一下,说:"啊,现在我一时想不起展品的名字了。"

"那你就描述其中一件吧。"兰斯假笑着说。

"嗯,一个女人的雕像,裸体女人。"利克心虚地开了个头。

"我不信你去过展览。"切丽断言,她的语调毫无生气,嗓子却尖得刺耳。

上将的妻子回头对着克莱尔问:"你会用金属丝做那些现代主义的东西吗?我个人觉得那些东西非常荒唐,看不出有什么艺术感。"

"不会。"

"但我猜那些作品很流行,能赚大钱吧?"

奈杰尔说:"克莱尔雕塑巨大的裸体人像,石头或大理石作品。她赚了很多钱。"

"真的吗？就像爱泼斯坦①雕出的那种丑东西？"弗伦奇－沙利文夫人看上去来了兴致，可是她的话任性无礼。

"不太像。"克莱尔说。

"我喜欢他在卡文迪什广场的雕像《圣母子》。"上将说话有点咬字不清，"但总的来说，亨利·摩尔②的作品更合我的口味。"

"你真好。"克莱尔说。

"上面布满洞眼的丑东西。"兰斯喃喃地说。

这时，拉格比教授走了进来，他静静地坐在角落。上将的妻子急转弯一样地转换了话题："阿特森夫人，你一直戴着的徽章是什么意思？自行车俱乐部的徽章？"

"不是的，是CND。"

"CND代表什么？"

"核裁军运动。"

弗伦奇－沙利文夫人吓得一缩头，好像切丽嘴里说出了污言秽语。"真是的！你的意思是你坐在湿漉漉的人行道上，参加可怕的游行？还是和耶稣受难日同一天！绝对是亵渎神明。"

切丽的声音一反常态地焕发出活力："嗯，我的观点是，计划杀

---

① 译者注：爱泼斯坦（1880年-1959年）是出生于美国的英国肖像雕刻家，他的作品以形体简化、表面平整见长，晚年竭力反对抽象派雕刻，主要作品有石雕《岩钻》、《创世记》等。

② 译者注：亨利·摩尔（1898年-1986年）是英国雕塑家。摩尔以大型铸铜雕塑和大理石雕塑而闻名，他的创作为英国在现代主义艺术中占据了一席之地。

害全世界数百万无辜者,才是名副其实的亵渎神明。"

"唔,那我可不得不说了,你就不想捍卫自己的国家?"

"原子弹不是为了防御而制造的,是为了打击其他国家。"

"你不相信原子弹的震慑作用吗?"上将温和地问道。

"你宁愿站在敌方立场也不愿死人?"贾斯汀·利克说着,用他那双专注的眼睛死死盯住这个女孩,仔细观察。

"没错,我当然愿意,谁会不愿意呢?我宁愿站在另一方,也不愿成为杀害数百万无辜者的罪人,不管死的是白人、黑人,还是棕色人种。"

"切丽是个狂热分子。"阿特森咧嘴傻笑。

"而且我不相信原子弹真能威慑得住,至少不会持续很久。"女孩固执地说。

"目前看来,威慑似乎很管用,切丽。"上将说着,朝她眨了眨浅蓝色的眼睛,像在关心她,又像在为她担忧。

她感觉到某种同情,于是大声说:"我并不是想要指责你,将军阁下,真的不是。陆军也好,海军也好,我的意思是,那是他们的职责,更何况……"

"亲爱的,我们的职责不是去问为什么。"上将笑着对她说。

切丽继续说:"实际上,军队只是国家养的宠物。不,让我恶心的是那些该死的科学家,他们似乎从来不知道去追问为什么。"

"嘘,小包子。"兰斯说,"科学家就在这里。"

露西担心地抬头看向父亲,她知道他发脾气的征兆,还好他并不介意。教授踱步走向壁炉，他的发色偏红，高高的个子，宽宽的肩膀，就是背有点驼。

"好吧，年轻女士，最好说得具体点。"

"对不起，我不知道你在这儿。"

"没关系，用不着怕我，请继续往下说。"

切丽的手指紧紧攥在一起："好吧，我认为你们这些科学家光顾着盲目地推进自己的理论和实验，从来没有停下来扪心自问后果如何，我的意思是，对全人类来说。"

"你是说我们不仅是科学家，还应该站在先知和道德立场上审查自己的工作成果？"

切丽的脸涨得通红，但还是继续说道："制造出原子弹的时候，就算不是先知也能预料到，你们制造的原子弹会毁灭很多人。"

"核裂变的发现没有什么倾向性，既可以用于毁灭，也可以用于制造，这点你肯定能理解吧？你会因为汽车会撞死人而禁止内燃机的发明？"教授并没有咄咄逼人，只是他语气中带着一丝说教的傲慢。

克莱尔加入讨论："所以，科学家对最终成果不承担任何道义上的责任？"

"对理论科学家而言不用，但技术应用者应该承担责任。"

"作为理论科学家，你可以认为不用考虑道德问题，不过别忘了，你也是人类中的一员。"

"作为一个人，我当然要关心道德问题，马辛格小姐。这点我同意，确实是非常现实的矛盾冲突。"

"这算什么矛盾冲突?"贾斯汀·利克说,"每一项新发现都应该公布出来,好让全人类都能获益,这难道不是科学道德的首要原则吗?"

"理论上是这样,但在现实中,如果把自己的发现四处传播,充其量只会扩大道德冲突的范围。我的意思是,所有其他国家都将和你自己的国家一样,面临如何利用科学发现的问题。"

"但是,过去曾有科学家坚守这条原则。"利克说,"我们称他们为叛徒。你认同他们的行为吗?"

"那得看人。如果这个人交出知识的目的是助长其他利益集团,推翻自己的国家,我不认同。"

"那如果这样做是为了恢复权力的制衡,你会认同吗?"奈杰尔问道,"整个核威慑的观点不就是建立在双方势均力敌的基础上吗?"

阿尔弗雷德·拉格比举起双手,笑了起来。上将的妻子已经在椅子上睡着了。

"没完没了地说这些无聊的话题,真受不了。"兰斯·阿特森打着哈欠说道,"不管怎么说,又不是科学家造的炸弹。你从事哪方面的研究,教授?"

"我是数学物理学家。"

"难怪辩不赢你。"兰斯酸溜溜地嘀咕。

奈杰尔想,这年轻人之所以不满,是因为自己没能为女伴切丽的大胆立场贡献任何有价值的见解。

"我们身在军营更幸运一些。"上将说,"我们眼前只有个人职责,非常简单直接。找到敌人，与之交战，消灭敌人。怎么样？没有道德冲突吧。"

"那么说，你们这些海军是逃避主义胆小鬼，不对吗？"切丽说。

上将对她一笑置之。他用脚轻轻碰了露西一下："啊，拉格比太太来了。快去，小邮差。"

小露西一下跳了起来，她穿上蓝色的带帽夹克，戴上防雨帽，这都是埃琳娜刚带下楼的，然后她从埃琳娜手里接过一捆信。到这里之后，基本都是露西去取晚上的信件，她是一个独立的小女孩，喜欢独自完成任务。

"别磨蹭，亲爱的。"教授说，"外面可冷了。"

几秒钟后，奈杰尔悄悄地跟着露西和她的继母到了门厅。他听到拉格比太太快步走上楼，这时前门刚关上。在奈杰尔看来，露西显然是教授的致命弱点，如果敌方特工对拉格比教授有所了解的话，那他们就会直击这个弱点。尽管这么做十分冒险，但万一他们真的做了，后果将不堪设想。另一方面，奈杰尔也不能天天跟在露西身边，安全部门已经明确反对任何显山露水的监控。虽然露西落到敌方手上的可能性微乎其微，但奈杰尔还是瞒着其他人，每晚跟着露西到信箱那儿取信。至少他自认为这事没人知道。

今晚的跟梢不太容易，厚厚的乌云遮住了一轮下弦月，雪在微弱的灯光下玩着奇怪的把戏。奈杰尔往山下走，比平时走得更远。山路往下延伸，在距离旅馆一百米的地方，与村子西边的道路相交。丁字路口立着一个邮筒，旁边邮局的一扇窗户里发出微弱的灯光，投在邮筒上。奈杰尔走到离邮筒五十米的地方，才认出邮筒对面的黑影其实是一辆关了灯的汽车。他加快了脚步，紧接着下一秒，一把沉重的扳手猛地击中了他的后脑勺，他只觉得眼冒金星，天旋地转。

保罗·坎宁安把他打伤的人翻过来推进沟里，然后悄无声息地一路快走。他为自己的这个主意感到自豪：埋伏在阴影里，除掉从旅馆里出来跟着露西的人。还有一点令他欣慰，就是自己竟然有胆量偷袭，而且一招致命。

安妮·斯托特坐在车里，一看到露西靠近，她就探出窗外，问道："能告诉我朗波特火车站怎么走吗？"说着，她打开汽车前灯，这样一来，从乡村小路过来的人会觉得晃眼，看不见前方，然后她下了车。

"在这里右转，但是……"露西的话被打断了，女人从她手里抢走了信，在她头上盖了一块毯子，把她绑起来塞到后座。这时保罗也来了，他从安妮伸出的手里接过信投到邮筒里，然后跳进车里，砰的一声关上门，车沿着朗波特路开走了。

整个过程不超过十秒。露西像网里的鱼一样在后座上使劲挣扎，但被牢牢抓住，头上的毯子盖住了她的哭声，毯子有一股煤油味。保罗转头说："有个家伙跟着她，我把他打趴下了。"

"是吗？"安妮不以为意，"你一到那几棵树的地方就停下来。"

在离废弃公路四分之一英里的地方，保罗踩了刹车，汽车在积雪的路面上打滑，十分危险。他从仪表板下的贮物箱里拿出一个皮下注射器，里面装了某种液体，然后坐进后座。

"手电筒。"安妮说。

保罗打开手电筒,安妮掀开盖毯,攥住露西的一只胳膊,卷起外套袖子,给她注射,而保罗用另一只手压住孩子,让她动弹不得。

"不要!好痛啊!"露西大声尖叫,"你在干什么?"

"带你来一场快乐的长途旅行。"保罗说,疯了般的兴奋难耐。

安妮·斯托特再次把露西裹在毯子里,保罗继续开车。很快,哭泣声停止了。

第三章　走私者小屋

12 月 28 日

　　拉格比教授穿上大衣出门了。露西到邮筒那儿寄信，已经去了十来分钟，当然，她有时确实磨磨蹭蹭，她也常常耽于幻想，让学校老师不耐烦，但是，不可名状的不安感慢慢渗入教授的脑中。在如此寒冷的夜晚，露西十分钟还没回来，而她通常三四分钟就会回来。

　　从右边沟里传来一声痛苦的呻吟，教授把手电筒的光束投向那个方向，只见黑暗中一具被雪覆盖的躯体躺在那里。

　　"天哪，斯特雷奇威，你受伤了？"

　　奈杰尔在拉格比教授的帮助下，从沟里爬了出来，他手脚着地，在雪地里呕吐起来。一抬头就是一阵剧痛，但他还是抬起了头。

"露西……"他喘着气说，突然一阵干呕，他又努力抬起头，"她回来了吗？"

"还没，到底是怎么回事？"

"她出来多久了？"

"大概有十分钟，可这……"

"赶紧打电话，回旅馆去。恐怕他们抓到她了，快去。"奈杰尔挣扎着站起来。拉格比扶着他上坡时，奈杰尔的头脑开始清醒，向露西的父亲说明受到袭击前的所见。

奈杰尔嘱咐道："只能告诉旅馆老板查麦兹，不要对其他人说，用他的私人电话给警察打电话。"

拉格比教授说："听我说，你刚刚受了重伤。你能确定吗？露西也可能顺路去找艾玛了。"

"有人袭击了我，这就是证明。这不是抢劫。"奈杰尔在口袋里摸索着，找他的钱包，取出证件，"拿着，打电话前先看看这个。除了警察，不要向任何人提起这件事。"

前门的灯光闪烁，在教授的脸上摇曳着，他似乎比身边的人更加无所适从。

一分钟后，克莱尔的手指摸着奈杰尔的后脑勺。"我看没有骨折。"她尽力保持声音稳定。

"当然没骨折。"奈杰尔恼火地回答，"否则我就没法和你说话了。清洗一下，消下毒就行了。都怪我，把事情搞得一团糟。拉格比在哪里？"

"他去打电话了。"

清洗完头部，用绷带包扎之后，奈杰尔急切地问："克莱尔，亲爱的，我出去的时候，有人跟着我吗？"

她想了想，说："当时我们在会客厅，拉格比太太和露西一块出去的。"

"没错，她跑上楼了。之后呢？"

"利克先生在你离开后不久也出去了。"

"多久？"

"唔，几乎是紧跟在后，还有切丽和兰斯·阿特森，也差不多同时出去了，有点成群结队的感觉。就剩下上将、他妻子和我。现在告诉我，到底怎么回事？"

"露西被人绑架了。"

"哎呀，奈杰尔，不会吧！你怎么……"

这时，拉格比教授大步走进房间："本村的警察到了，我还给医生打了电话。你现在感觉如何？"

奈杰尔没好气地说："糟糕透顶。乡村警察能有什么用？要郡警察总部派人来才行。"

"他正在联系。"教授竭力克制着自己，"可惜你没有看清那辆车。"

"是的。"

"我不是在责怪你。"

"你有责怪我的权利。"

拉格比把安全部门的证明递给奈杰尔："还你的证件。这些安全部的家伙为什么不直接让我知道他们的想法？"

奈杰尔摇摇头，说："露西的事，告诉你妻子了吗？"

"没有，我还在逃避现实。她深爱着露西，我不想在事情确认之前让她担心，毕竟露西可能去了艾玛家或村子里的其他地方。"

"你介意我让克莱尔告诉她吗？"

"唔，我不介意，相反，我会感激马辛格小姐。"

奈杰尔点头示意，克莱尔轻手轻脚地离开了房间。他很清楚，她的观察力值得依靠。

奈杰尔皱起眉头，抬头看着拉格比教授。此时，他正凝视着窗外，仿佛在期盼看到一个穿着蓝色连帽夹克的小身影，沿着车道蹦蹦跳跳地回来。

"我到现在还无法接受。肮脏的混账东西！"教授那迟钝的约克郡式愤怒这才开始爆发，"如果你们的人怀疑会发生这种情况……"

"对他们来说，可能性似乎微乎其微。"

"尽管如此，他们应该早点提醒我的。"

"是的，也许他们应该这么做，但即便如此，你也不可能日夜守护她。"

拉格比心不在焉地盯着奈杰尔，沉默了一会儿，他问："他们想要什么，这些家伙……"

"他们想要你的最新科学发现。"

"是的，我已经想到了。"他咽了口唾沫，"如果他们得逞了，会把她还给我吗？"

这是奈杰尔害怕回答的问题，还好旅馆老板带着村里的警察进来，他才得以躲过这个棘手的提问。奈杰尔对旅馆老板说："查麦兹先生，如果有客人想要离开这里，请马上通知我们。"

旅馆老板满脸困惑，但还是默默点了点头，随后离开了。

奈杰尔对村里的警察说："抱歉，警官，我会解释的。这是拉格比教授，我姓斯特雷奇威。教授的小女儿去寄信时，被开着车的人带走了。拉格比教授一家在这里入住后，她每天晚上都会在同一时间去山下寄信。绑匪在酒店里应该有同谋串通，否则他们不可能知道这事，也不可能制定这样的计划。现在，郡警察总部有什么行动？"

还好拉格比教授报警时，接警的不是咬着笔头、乱记笔记的学院派，这位警察听出了电话里拉格比声音中的急迫，立刻采取了行动，第一时间就通知了郡总部，他的果断值得称赞。乡间道路曲折难行，在郡总部警司采取行动前的十五分钟里，绑匪的车应该还在唐库姆十二英里的半径内。警方在通往山谷的路上设了关卡，范围是唐库姆以外二十英里，每辆车都要在关卡前停车接受检查。他还通知了半径五十英里内所有骑摩托的巡警，也通知了火车站，还通过电话把露西的长相描述告知了英格兰相关区域的每一个警察局，英国广播公司的当地新闻会在下一轮新闻简报中播出这则消息。

"嗯，你们的工作很到位。"拉格比说。

"哦，我们这儿的警察可不像外界说的那么懒散。"年轻的警官说道，"我们正组织搜查队，万一小女孩在附近游荡就能找到她。"

"恐怕不可能。"奈杰尔说。

"教授告诉我你是谁以及刚才发生的事之后,我也觉得不可能,先生。我还需要说服警司,他一小时后就到。"

奈杰尔说:"你考虑得很周全。我建议你马上到小路的那头去,隔离事发地点附近的人群。车轮胎印和脚印等会儿要给警司检查,还要检查那个混蛋袭击我的地方,也许他在那里留了'名片',教授会带你过去。"任何能让拉格比教授分心的事情都行,他毫无表情的绝望更让奈杰尔意识到自己的失败。

与此同时,克莱尔正和埃琳娜·拉格比在一起。

当克莱尔敲响房门时,埃琳娜在房内喊道:"露西!这么久你去哪里了?"

克莱尔走进屋子,借着床头灯光,只见埃琳娜·拉格比的脸色万分焦虑:"啊,是你,发生了什么事?是露西出事了吗?"因为情绪激动,她的声音十分洪亮。克莱尔想,这些演员啊,都会情不自禁地夸大这种戏剧性的时刻,现实生活中也一样。她说:"对不起,亲爱的。"

埃琳娜在房间那头,她只用三步就走到克莱尔面前:"是她,她出什么意外了吗?"克莱尔攥住她伸出的手腕,说:"不是的,她还没回来。你要冷静。她被带走了,被人绑架了。"

"不!这不可能!"埃琳娜眼神炯炯,瞪着克莱尔,"小露西?被绑架了?可是为什么呢?我们不是有钱人,我不懂。"

埃琳娜脸上茫然不解的神情逐渐变成了恐惧:"好吧,看来你是认真的。告诉我,你是怎么知道的?"

克莱尔把自己了解的一点情况告诉她。埃琳娜瘫倒在床上，在昏暗的灯光下，她吓呆了的脸像大理石一样僵硬。克莱尔想，是尼俄伯，是拉结在为她的儿女哭泣，因为他们都不在了①。然后，大理石雕像融化了，她的嘴巴颤抖着，瘦弱的身体因为剧烈的抽泣而颤动。

"我去找你丈夫来，他正和奈杰尔说话。不要太伤心了，我们会把她找回来的。"

埃琳娜在她的怀里抽搐着："不，不要找他，陪着我！我没法面对他。"

"但是，亲爱的……"

"要是我没让她去寄信，她就不会遇到危险，可是我希望她独立。独生子女太容易……哎，我都不知道自己在说什么。我太难过了，太痛苦了，她就像我亲生的一样。"她猛地抬起头，脸上泪痕斑斑，"你没有孩子，是吗？"

"没有。"

"我有过一个自己的孩子，他们杀了他。现在，他们又把露西也带走了。"

那天晚上，无风的夜空中，大雪茫茫落下。万籁俱寂，雪花抹去一切痕迹，覆盖在大地上，渗入到睡梦中。清晨来临，人们苏醒时还

---

① 译者注：语出《圣经》的《耶利米书》第 31 章 15 节："拉玛听见号啕大哭的声音，是拉结在为她的儿女哭泣，她不肯受安慰，因为他们都已经不在了。"

没往窗外看，就有一种感觉，有什么变化已经悄然而至了。

在药物的影响下，露西·拉格比一直昏睡到十点。半梦半醒之间，她头晕目眩，像是得了重感冒，脑壳里塞满了棉花团，虽然很轻，但不畅通。她模模糊糊地意识到发生了她不愿意记起的事情，勉强自己接着睡。没睡多久，她就笨拙地爬下床，拉开窗帘，这时，她才意识到自己并不在旅馆的房间里。窗户的下半部分装了栅栏，是给儿童房装的那种。外面很亮，刺眼的亮，透过栅栏，除了一堵白墙和天空之外，她什么也看不到。昨晚发生的事一股脑地涌入了她的记忆中：积雪的小路、邮筒、汽车、女人、手臂上的一针、煤油味的毯子。

她低头去看自己的手臂，却发现自己穿上了睡衣，不是她平时的衣服。

"我是露西·拉格比。"她对自己说，"我是露西·拉格比。"她重复说着，就好像对自己的身份需要再次确认。

遇到难题的时候，她有个习惯，就是找一根自己的黑色长发放到嘴里咀嚼。她的手不由自主地伸向背后，去摸本该在那儿的头发。头发不见了。露西摸摸自己的头，上面的头发又短又硬。

"但我真的是露西·拉格比。"

她的声音现在充满了恐惧，带着哭腔。她疯狂地环顾房间，看见梳妆台上有一面镜子。她跌跌撞撞冲到镜子前，镜子里与她对视的人不是她自己，那是一张男孩的脸，金色短发、金色眉毛。镜中人惊恐地盯着她，张开嘴，发出哀号。这是她人生中最糟糕的时刻，没有之一。

露西跑回到床上，用被子蒙住头，抽泣着，她的心都要碎了……

走私者小屋的一楼，安妮·斯托特正在给孩子准备食物。她估计露西还没有醒，不然一定会听到放声大哭的声音。到目前为止，一切按照计划准确执行。昨晚，他们平安归来后，安妮通过短波发报机联系了彼得罗夫，轮到他走下一步了。接着，她剪掉了露西的长发，染了剩下的短发，还把剪下的头发都放在炉子里烧了。此刻，她走进客厅，在火上添了些木柴。外面白雪覆盖了一切，她注意到，保罗·坎宁安和埃文一起沿着山路去农场取牛奶时，雪几乎没过保罗膝盖的一半。如果还要降雪，可能会很麻烦，但是，就在刚刚她看到天空放晴了。安妮望着外面连绵起伏、白雪皑皑的群山，一肚子怨气。她讨厌乡村，要和沉闷的埃文、恼人的保罗共处一个星期也让她烦躁。

在农场，埃文目光呆滞地盯着院子里乱哄哄争食的母鸡，等着桶里装满牛奶，另一边，保罗·坎宁安在和农场的男主人斯韦特先生聊天。

"还会下雪吗？"

"再下也很正常。"农场主说，"你的汽车有链条吗？可能会用到的。"

"好像没有。"

"我记得有一套备用的放在什么地方。"

"你太好了。"

"你们还要在这待一段时间？"

"嗯，我们本来打算星期六回伦敦，但是……"保罗压低声音说，"小埃文看起来不太舒服，希望他没有生病。你知道，他有点娇弱。我不想冒险上路，万一……"

"幸好家里有个医生。"

"什么医生？哦，对，我的姐姐很能干，她结婚后放弃了行医，但是……"

"来，拿上你的牛奶。"

保罗和埃文一起往回走，他愤怒地意识到自己刚才犯了大错，连掩饰的说辞也非常牵强，但由此他也确立了一个想法，就是斯韦特这个乡下人的脑瓜能接受任何借口。

和所有在爱与安全感包围中长大的孩子一样，露西有迅速恢复精神的能力。她还有一种令人羡慕的能力，就是能够融入任何戏剧性的事件，扮演好自己的角色。她崇拜的父亲曾经对她说："永远不要害怕真相，要去面对事实。把事情放到阳光下，再去判断。如果你学会接受事实，尤其是接受令人不快的事实真相，那你就成功了一半。"

现在的她，比那个时候更能理解父亲的话了。她从床上坐了起来，事实就是她被绑架了，被囚禁在一幢陌生的房子里，是这么回事吗？露西跳下床，转动门把手，门锁着，她也无法从窗户栏杆上方挤出去。抓她的人剪了她的头发，染了颜色，为什么要这么做？一定是为了让警察辨认不出她就是报纸和广播新闻里的那个失踪的小女孩。露西想，因为镜子里变了样的脸而吓坏真是太蠢了，她摸了摸耳朵下面的乳突炎手术留下的疤，又拉起睡衣，检查了肚脐左边的痣——这些都能证明她就是露西·拉格比。

不管是谁绑架了她，他们应该不是电视里的那种绑匪。他们没有把她关在发霉的阁楼里，也没有逼她躺在一堆肮脏的破布上，屋子角落里也没有胡子拉碴、油腻腻的男人聚着打牌、骂骂咧咧,拨弄左轮手枪。她在一个干净空旷的房间,这里挂着图案鲜艳的窗帘,地板擦得锃亮,床上的被子也足够暖和。护墙板上的鸭子和大鹅图案说明这儿原本是儿童房。书架上有一些破破烂烂的儿童书,还有一个柜子,经过她的调查,里面有几个玩具。唯一奇怪的是,书上写有主人名字的书页都被撕掉了。

露西突然感到饿了,还特别口渴,同时,她隐隐觉得担忧,她不想再看到那个把她拖进车里的凶恶女人,绝对不想见到她。露西与恐惧斗争了十分钟。面对事实,这个卑鄙女人的存在是事实,没关系,去面对她,露西几乎能听到父亲在对自己这样说。这时,楼下有动静,露西咯咯地扭动门把手,叫起来,一开始哑着嗓子,然后她的叫喊一声比一声响。接着她跳回床上,躺下,颤抖着,希望来的不是同一个女人。

但是,来的就是她。这张讨厌的脸,芥末一样的黄脸,下面穿着粉红色的套衫,完全不搭,裙子在膝盖的地方还鼓了出来。女人在露西的床上放了个托盘,上面有两个煮鸡蛋、几块面包和黄油,还有一杯牛奶,然后默默地走向门口。她一定又聋又哑,露西联想到煽情小说里常见的桥段,但她很快想起来:不对,她当然不是聋哑人,你这个傻瓜,她问过你去朗波特的路。

"等一下。"露西小心翼翼地说。

女人停了一下:"什么事?"

"要是想去厕所怎么办?"露西原本想说的可不是这个。

"窗帘后面有一个盆,床下有一个壶。"

"可是,总不能用一个壶解决所有的事情吧。"

"可以,而且必须这么做。"女人睁着圆眼睛看向露西。

"你叫什么名字?"露西问。

"可以叫我安妮,安妮阿姨。"

"可你不是我的阿姨。"

"还有,你的名字是埃文,可别忘了。"

现在露西可以肯定了,自己要对付的是个疯子。她的脑海中浮现出一个幻想,这女人失去了一个叫埃文的孩子,丧子之痛把她逼疯了,于是她偷了一个小女孩来代替。

"怎么,不想吃早餐?"疯女人说。

露西喝了点牛奶,开始吃鸡蛋。她尽量用幽默的语气说:"我猜你把我偷走了。这房子在什么地方?"

安妮阿姨突然丢出一长串话来:"这是我在白金汉郡[①]的小屋,离伦敦大约三十英里。昨晚我们带你走了很远,你睡了一路。"

"我得在这里待多久?"

"看情况。"

"鸡蛋很不错。"露西没法和这个女人对上眼神,心生恼怒,不过,她觉得这符合疯女人的行为。

"等你吃完早餐,穿上这几件衣服。大小应该合适。"女人从抽屉

---

① 白金汉郡(Buckinghamshire),英格兰中南部的一个郡。

柜里拿出男孩的毛衣、短裤、长袜、长裤和背心。露西想，衣物看上去有点破旧，估计是这女人失去的孩子的。女人离开房间，转身锁门。露西剥开了第二个鸡蛋，边吃边思考着，她的新系列小说的情节要大幅修改了。也许她应该删掉写好的章节，重新开始写，现在这是一个真正的冒险故事了。她想到旅馆房间床头柜上的那本练习本，爸爸和埃琳娜现在一定非常担心她，可怜又可亲的爸爸。露西觉得这一勺鸡蛋现在很难下咽，一种凄凉的感觉笼罩着她。

"她怎么样？"楼下，保罗·坎宁安问。

"醒了，正在吃早餐。我得说，她是个古怪的小女孩。"

"你说的古怪是什么意思？"

"冷静地面对发生的一切。"安妮·斯托特回答。

"难道你喜欢她歇斯底里？"

安妮撇了撇嘴唇，薄薄的嘴唇就像干涩的水果皮。她瞥了一眼身边这个人，他的头和脸的轮廓有点像半羊半人的农牧神，和一个S国的舞蹈演员有点儿撞脸，这演员最近从自己的芭蕾舞团出逃了，跑到资本家的阵营去了。保罗无法博得安妮的好感。

"可怜的孩子。"他说。

安妮凶巴巴地说："如果你同情她，你大可以去做保姆照顾她。"

"我当然不会去。"他冷冷地回答，"我们的安排是，除了你之外，她不应该看到任何人。如果她看到我，很可能再次遇见我的时候把我认出来。哦，我忘了，等一切结束的时候，你肯定会割断她的喉咙。"

"别傻了。这孩子以为她在白金汉郡，只要她以后不会泄露我们的行踪……"

"是我的行踪。你会很安全,在风景优美的克里米亚半岛晒太阳。"

"使用暴力是不对的。等我汇报了消息,确认无误之后,我会再给这孩子胳膊上打一针,到时候你开车把她随便扔到什么地方就行,你没什么可担心的。"女人轻蔑地补充道。

"你们这帮人说的话,我一个字也不敢相信。"

"你这是怎么回事?"

"你心里很清楚。"保罗的声音变得有点尖锐,"我肯定不是什么道德标兵,但至少我不会像你们那样惺惺作态,只要符合自己的利益就是真理。"

"没必要对我大喊大叫。埃文在哪里?"

"他在挖车库门口的雪。斯韦特说他会借给我一些链子。"

"嗯,你最好快点给车装上。我定的时间是中午。"

"你可别被抓住了,亲爱的姐姐。今晚我还要开这车送埃文去火车站。我说,马上要把手伸进马蜂窝了,你紧张吗?估计贝尔卡斯特今天到处都是警察。"

"要是拉格比听从他的指示,就没问题了。"

"如果他不听呢?"

"那他的处境就更糟了。"

"对你们也一样。"

"不,不会。他要是耍花招,我会接到通知的。"

"你觉得他会吗?"

"我怎么知道？他有可能耍我们一次，但不可能耍我们两次。等我们给他点压力，他就老实了。"

"你是说，你会锯掉露西的一根手指，然后寄给他？"保罗随口问道，女人却没有立刻作答，他惊恐地说道："天哪，你们真做得出来。"

"你的理解能力要加强了。"安妮说，"你猜我们带着录音机干什么用？"

"我以为你要练习无聊的政治演讲。"

安妮正要反驳，却被头顶上传来的砰砰声打断了。她问道："你确定埃文在外面吗？绝不能让他知道房子里除了我们还有其他人。"

"别慌。"保罗走到窗前，侧身向外看，"没错，他在外面，疯狂地铲雪。"

安妮下楼之后，保罗问："她想要什么？"

"纸和铅笔。"

"打算给家里写封信？"

"不，她想写个故事，不想闲着。你准备写书用的大页书写纸放哪儿了？"

保罗从角落里的桌子上拿了几张纸和一支铅笔。安妮再次跑上楼时，外面传来了拖拉机的声音。保罗走了出去，农场主人斯韦特先生站在拖拉机的平台上，他的手下吉姆在开车。斯韦特拿出一套生锈的链条，对保罗说："你会装吗，还是让吉姆来帮忙？"

"你太好了，如果可以麻烦吉姆的话……"

"没事，我也正沿着通往村里的路铲雪呢，否则送奶车会被雪淹没。"

吉姆从那台巨大的拖拉机上爬下来，拖拉机的顶盖比保罗的头高出一大截，橡胶轮胎和他的前臂一样宽，后面是一个绞盘。吉姆拍了拍这个大家伙，说："坎宁安先生，如果你被困住了，得靠它拖你出来。"

斯韦特正准备离开时，安妮·斯托特跑出了房子。"埃文在哪？哦，早上好，斯韦特先生。埃文，快过来！你不该在外面，我今天早上跟你说过了……"

"可我很暖和，而且保罗舅舅说……"

"别听他瞎说。保罗，你带他进去。"她把手放在埃文的额头上，然后朝门口推了他一把。她的声音盖过了拖拉机空转的噪音，她对着斯韦特先生说："我知道，我有点瞎操心，可他是我姐姐的独子，过度劳累对他来说很危险。我必须进去再给他量一次体温。"

拖拉机掉头慢慢开走了，保罗带着吉姆往车库走。

安妮吩咐男孩坐在客厅的火炉旁，让他玩建筑模型。她自己织着毛线，等着隔壁房间的电话铃响，等待家庭旅馆发来消息。十分钟后，电话铃响了。

第四章　邮政总局

12月28日

拉格比教授也在等电话。早饭后不久，电话就来了。他在旅馆老板的房间里接听，奈杰尔·斯特雷奇威靠着他的肩膀一块儿听着。

"是阿尔弗雷德·拉格比教授吗？"接线员说道，"伦敦有你的电话。"

一阵咔嗒声过后，传来一个男人的声音，奈杰尔很快听出他带着斯拉夫语的语调。其实，他的英语是从美国老师那里学来的，但在英国长时期的居住掩盖了美式口音。

"是皇家学会院士[①]拉格比教授吗？"电话里的声音问道。

"是的，我是拉格比。你是谁？"

"你没必要知道我的名字。我有你女儿的消息。"

教授紧紧握住听筒，连指关节都抓得变白了，但他仍然不动声色："我猜你就是抢走她的人。"

"这么说吧，我们只是'借'走她，教授。她现在情况很好，如果我们的交易成功，她很快就会回来的。"

"她在哪里？"

"伦敦。"

"让我和她通话。"

"恐怕不可能。我在公共电话亭里，一个人。"

"那么，你说的交易是什么？"

"拉格比教授，在你的脑子里，有我朋友需要的东西，而我们也有你需要的东西。我提议来个交换。"

"我早就想到了。你们的行事方式真是卑鄙，不过，我也不该对你们有任何期望。"

"亲爱的先生，说狠话是不会伤到骨头的。"对方的声音很平静，甚至是愉悦的，"对你来说很简单，就看你对女儿是不是重视了。"

"不要对我指手画脚，继续往下说。"

[①] 译者注：皇家学会院士（Fellow of the Royal Society），简称 FRS，英国杰出科学家的头衔。

"好的。如果你决定做这笔交易，今天中午到贝尔卡斯特的邮政总局来。进去的时候，你会发现在左手边有一个写电报的长柜台，在靠近你这一头的柜台墙上有一个放着政府有奖债券的架子。在一张债券的背后写上给我们的信息，放回架子上，然后立刻离开。"

"这样我就能把露西要回来了？"

"到时再说。我们需要确认信息，也就是你给我们的科学机密是否准确。这就是我们的条件，拉格比教授，你愿意做这笔交易吗？"

奈杰尔用右手示意拉格比教授等一下，不能让敌人觉得他很轻易就妥协了。于是拉格比沉默了一会儿，接着开口说道："嗯，看来这事有点麻烦。如果我不同意，你就会重来一次；如果我同意，又不能保证我的女儿会回到身边。"

"我们向你保证。"

"你们的保证！"拉格比的声音里充满使人难堪的轻蔑。

"那么，你要拒绝？"

拉格比假意屈服，他的表演还算真实。"听着，我怎么知道露西还没死？难道要我用至关重要的机密去交换死去的孩子？"

"不，不，我们避免不必要的杀戮，我自己也喜欢孩子。当然，我不能替在伦敦照顾她的朋友保证，他们可没有耐心，折磨她又不伤她性命的方法多的是。我听他们说，她可是个漂亮的小女孩。"

拉格比抽噎着吸了一口气，这次的反应可不是表演了。"好吧，好吧！你保证不会伤害她？"

"我向你保证，我的朋友。"

奇怪的是，奈杰尔相信了，至少在那个瞬间他相信了这句承诺。

"那我就照你说的做。"

"明智之举啊，教授，不幸中的万幸。"接着，听筒里的声音从亲切变为冷酷，"但是，不要耍花招。我不阻止你发布女儿失踪的消息。警方肯定要从你这打听绑架者的消息，你万万不能泄露我们的谈话内容，你和我们达成的交易要保密。你那么有创造力，一定能编出故事来敷衍他们，毕竟，这帮警察不太聪明，他们都无法阻止我们把孩子带到伦敦。等到你这边的特别机构接管此事，就会增加我们的难度了，这就是为什么你必须迅速行动。你要一个人走进贝尔卡斯特的邮局，不能引起怀疑。要是企图为我们的人设下陷阱，后果将不堪设想。再见。"

拉格比教授看着奈杰尔，红头发衬得他脸色更显苍白。"我该怎么办？"他沉着的声音里充满痛苦。

奈杰尔说："我们需要争取时间。就照他说的做，但是你写下的数据、符号之类的内容，看上去要像真的，实际上却是误导。你能做到吗？"

"可以，但是……"

"我想再提醒你一下，旅馆里有绑匪的内应。这个人可能就是去取信息的人，也可能不是。如果我们能确定这个内应是谁，就能掌握线索的一端。我来联系郡里的警司，请他从中午开始派人暗中监视整个邮局。他会安插一个警员守在邮局柜台的格栅后面，密切注意取走信息的人。我们不会马上逮捕他，但会跟踪他，让这条线索带我们到露西所在之处——前提就是，这个人不是家庭旅馆的客人。"

"但是，天哪，露西在伦敦，你是说……"

"我在怀疑。"奈杰尔淡蓝色的眼睛盯着拉格比头上的一幅画作，这幅复制品描绘了十八世纪的求爱场面，让人反感，"我怀疑的是，电话那头的朋友费尽唇舌地要我们相信露西在伦敦，他是希望我们的搜索集中在伦敦。"

"那么她可能在离我们很近的地方？"想到这种可能，拉格比绝望的脸上有了一丝生气。

"昨晚，他们或许能穿过两道警戒线，但我猜他们的藏身之处就在二十英里范围内。"

"这样的话，我们肯定很快就会收到她的消息了。报纸和广播新闻里都有对她的外貌描述，迟早会有人注意到的。"

"不要高兴得太早。这儿的乡村有很多房子位置偏僻，她可能被孤零零地关在里面好几天。"

拉格比叹了口气，说："我现在要回埃琳娜身边去了，她悲痛欲绝，我不敢离开她太久。我相信你一定会尽力的。"高个的他佝偻着身子匆匆走了。

奈杰尔想，真是天妒英才啊，找回露西的可能性其实微乎其微，因为抓她的人会害怕日后被认出而痛下杀手。当然，从拉格比交出信息到核实确认之前，他们让人质活着有好处，不过他们也可能骗教授她还活着，这是绑匪的老把戏了。

昨晚，警司在邮筒对面的雪地上发现了脚印和轮胎印，是惠灵顿长靴留下的脚印。袭击奈杰尔的人所穿的靴子比从车里出来的那人的大得多，车里的可能是个女人。在采集脚印的同时，一位警察沿着绑匪车辆的轨迹，一路向西追踪到一条偏僻的道路。在这条路上，车停下过一次，然后继续前进，直到与许多其他车辆的轨迹重合，小路就是在那里与主路连上的。汽车似乎是往西北方向开去，但是，司机很可能是为了摆脱追踪而故意为之，随后再折回伦敦方向。这片区域布满了错综复杂的小路，而事故发生过后下的那场大雪覆盖了一切痕迹。

不过，降雪有弊也有利。要是继续下大雪，大到能够封住逃出山谷的道路，甚至破坏电报线，那么教授就不用去赴约了，对方必然也会意识到这一点。希望这能为拉格比，还有小露西，争取到宝贵的时间。

结束与郡警署的电话之后，奈杰尔起身走进客厅。除了拉格比一家，所有的客人都在那儿。

"天哪！"上将的妻子喊道，"你这是怎么了？"

奈杰尔说："昨晚有人打了我。医生告诉我肯定是外行干的，如果那家伙打得到位，我就死定了。我没咽气，好像还搞得医生挺懊恼。"

"对他的专业来说，还不够刺激。"兰斯·阿特森打了个哈欠。

"肯定是拦路抢劫的。"上将夫人故作聪明地说。

奈杰尔转身对着利克先生，说："也许你正巧看到他了？"

"看见谁了？"贾斯汀·利克有点摸不着头脑。

"嗯，就是那个抢劫的。"

"没有，还真没看到，我亲爱的朋友。是在哪里发生的事？"

"往山下小路一半的地方。"

"昨晚？我压根没出去过，为什么问我？"

"因为在我离开之后，你马上也出去了。"

"你听着，斯特雷奇威，我很不喜欢你这种刨根问底的方式。"

"这对你来说是很好的练习，利克先生。等警察腾出时间了，一定会来问你们袭击发生时都在哪里。"

贾斯汀·利克目不转睛地盯着奈杰尔，问："等警察腾出时间？你是说，他们现在正忙得不可开交？"

"你应该知道是为什么吧？"

"我可摸不着头脑。"

"这就怪了。在我的印象中，你的观察力敏锐过人。"奈杰尔说话的语气有些凌厉，搞得其他人都正襟危坐，不安地看着他。

奈杰尔接着说："你没有注意到，露西·拉格比不见了吗？"

贾斯汀·利克答道："今天早上我还没有见到过这家人，除了在大厅里碰到教授，他似乎忧心忡忡。"说着，他那张平平无奇的脸上露出恍然大悟的表情，"不见了？难道你是说……"

奈杰尔环视了一圈之后说："是的，她昨晚被绑架了。你们没听英国广播公司的新闻吗？"

"收音机坏了。"切丽说。

奈杰尔一点也没感到意外，因为就是他弄得收音机暂时没法用的。他要观察所有人的第一反应。

他说："等会儿报纸送来了，你们会读到发生的一切。因为大雪，送报纸的耽搁了。"

贾斯汀·利克的表现就好像蜗牛缩回了壳里。切丽则是一脸难以置信，兰斯突然显得局促不安，而上将的妻子有点义愤填膺。

"没有其他的可能吗？"弗伦奇-沙利文上将问道。奈杰尔摇摇头。

"令人发指的行为！可怜的小露西。究竟是谁干的？"

"简直可笑，亲爱的。"他的妻子怒气冲冲地说，"显然是克格勃的阴谋，那些魔鬼什么都干得出来。"

看着她，奈杰尔可以想象出她如何吓唬那些下级军官的妻子。

贾斯汀·利克说："亲爱的女士，但是他们为什么要绑架一个小女孩？"

弗伦奇-沙利文夫人那哈巴狗一般的面孔越发兴奋了，她说："再明显不过了，他们想给露西的父亲施加压力。"

切丽皱着眉头说："只要这个国家发生了恶性事件，就是那一方的错。"

"正是如此，亲爱的孩子。这么说吧，我猜他们要把教授的科学发现搞到手。"

"这是你的猜测吗，夫人，还是你收到了什么内幕消息？"利克先生的语气虽然非常客气，实际上却在诱导她。

"我怎么会有内幕？我只是动了脑筋，希望警察也会动脑筋。斯特雷奇威先生，警方做了什么？"

贾斯汀·利克柔声说道："也许会有人纳闷，为什么斯特雷奇威先生会有未经公开的信息。"

奈杰尔没有搭理他，他向大家陈述了事件经过，这个版本是经警方严格审查过的。为了观察在场所有人的反应,他补充了一句话,希望能引蛇出洞:"还有一种可能,就是绑匪在这家旅馆里有一个同伙里应外合。警方会全力以赴找出我们之中谁是内应。"

上将夫人说:"显然是旅馆的员工。"

奈杰尔说:"他们都在这工作好几年了,我看恐怕不太可能。"

"哦,呸!"夫人说,"如今的仆人可是出了名的不可靠。"

"仆人有罪论又出现了。"兰斯小声嘀咕,逗得切丽咯咯直笑。

奈杰尔步步紧逼:"警方一定会刨根问底,我希望在座的没有人隐瞒真相,除了那个身份成谜的绑匪卧底。要知道,警方的调查范围很广,也很深入。"

奈杰尔说完,整个房间就陷入了一种不同寻常的不安中,但奈杰尔还无法确定他的话刺激到了在座的哪一位,就连活泼的兰斯·阿特森也露出耐人寻味的深沉表情。

就在这时,拉格比教授走进房间,房间里发出一阵同情的低语声。上将询问拉格比夫人的情况,教授说她已经起来,正朝村子的方向走去。她打算去邮局打听昨晚露西失踪时的情况,有没有人看到或听到些什么。他也知道警察已经调查过了,但他认为,让妻子自己行动对她有好处。

一阵尴尬的沉默过后,上将夫人直接问他:"这些恶棍跟你联系过了吗?"

"是的,我接到一个电话,他们说露西没事,很安全。"

"他们想要什么?要钱?"贾斯汀·利克问道。

阿尔弗雷德·拉格比看了一眼奈杰尔，奈杰尔不动声色地点点头，然后，拉格比回答道："不是的，他们要更有价值的东西。"

"你不打算给他们吗？"上将夫人睁大了眼睛。

"这东西，比露西对你更珍贵吗？"切丽拉长调子的平淡口吻使这句话更加刺耳。

拉格比的脸上一阵抽搐，他忙用手遮掩。最后，他说道："我不会轻易放弃的，弗伦奇－沙利文夫人。"

"你的意思是，这些小丑来索取他们需要的东西时，你会给他们设套？"兰斯·阿特森的牙齿在黑胡子的映衬下闪闪发光，他显得狡黠又焦躁。

"但是，假如你欺骗他们，他们难道不会对露西做出可怕的事情吗？"切丽的声音发颤。

"对他们来说，露西只有活着才有价值，否则，她无法成为对付我的武器。"拉格比冰冷的声音中不带一丝感情。

"上帝啊，你简直不是人！"切丽惊叫道，"对不起，我不是那个意思，只是……"

"那就闭上你的嘴，孩子。"上将夫人说，"凭你是无法理解的，这事情关系重大。"

"咳，真是放屁！"兰斯爆发了，"这些微不足道的机密怎么能和孩子的命相比？"

"你们年轻人会这么想，无可厚非，但你不能那么说话，小伙子。"海军上将口齿不清的声音带着甲板训话的口吻。

贾斯汀·利克说："嗯，我想每个人都有自己的小秘密。"他这种火上浇油的尝试，充其量也只成功地制造了一种波涛暗涌的沉默。

奈杰尔心想，按照他们预定的计划，拉格比已经做得够好了。旅馆里的卧底，不管是谁，应该已经知道教授不会乖乖就范了，而且还很可能在贝尔卡斯特设下圈套。他猜测这个人下一步会提醒去邮局取信息的人不要中计。有经验的间谍一般不会用电话联系，而是会设法去贝尔卡斯特与联络人见面，要么口头发出提醒，要么通过其他办法，比如用粉笔在墙上或邮筒上画个记号。当然还有第三种可能，旅馆里的卧底和联络人是同一个人。考虑到各种因素，奈杰尔觉得第三种情况不太可能，就算可能，那个人迟早必须与伦敦的头儿联系，通知他们第一次尝试失败了，然后获取进一步的指示。如果通过电话联系，卧底的身份就会暴露。

同时，还有露西这边的问题。奈杰尔记得那张瘦削而活泼的小脸，长长的黑发，蓝色的连帽夹克，想到这里，他就担心得要命……

在走私者小屋里，露西正在棋盘上玩单人跳棋，这是她在玩具柜里找到的。上一次，她在棋盘上只剩下三颗珠子的时候完成了游戏。她告诉自己，要是我只剩下一个珠子，一切就都会没事的，这些人会放了我，或我醒来时会发现自己在旅馆的房间里。

这时，安妮·斯托特拿着录音机进来了。她一脸怒气，也许是从电话里得到了坏消息，露西五分钟前听到了电话铃响。安妮锁上门，把录音机放在桌子上，然后打开放磁带的盖子。

"你知道这是什么吗?"

"知道,这是录音机。我们要用它玩游戏吗?"

这个脸色像芥末一样黄的女人从手提包里拿出一张纸,展开来,说:"我想你认字吧?"

"我当然认字,这问题太傻了。"

"很好。我要你对着话筒读纸上的话,录下信息给你的父亲,对他说你受到了很好的照顾。"

"你要把磁带寄给他吗?"

"我们……我会让他收到的。"

"可为什么我不能直接和他说话,在电话里说?"

"不要老是插嘴。只许读上面写的话,不许说其他的。假装你在和他对话,明白了吗?这里有省略号的地方,你要停顿一下,很有意思的,就好像录广播剧一样。现在,我们练习试试。"

露西已经习惯配合这个疯疯癫癫的女人了,她开始读纸上打出来的话:"你好,老爸,是我……不对,这样不对。"

"你说不对是什么意思?"

"我从来不叫他'老爸',我叫他爸爸,或者父亲。"

"好,那就改了。"

露西重新开始:"你好,爸爸,是我,露西……嗯,我很好,他们对我很好。我有很多吃的,还有漂亮的房间,里面有书也有玩具……不行,他们不许我说在哪里。我在伦敦的某个地方。埃琳娜还好吗?"

"不对,孩子。"女人插嘴说,"你这是在朗读,像是朗读书上的故事。

你要讲出来，像真的在对人讲话一样。你没有在学校学过表演吗？"

"怎么可能说得出？你写的东西读起来像一个才六岁的孩子说的话。"露西愤愤不平地说。这女人让她想起了学校里她最讨厌的女老师。

"不要浪费我的时间。"女人训斥道，脸都涨红了，"再来一次，装作你在和他打电话。发挥你的想象力，你这傻小子。"

露西眨了眨眼睛，一想到要和父亲通电话，她的泪水就要止不住了，然后她又试了一次。几番尝试之后，安妮·斯托特终于表示满意，让露西坐到话筒前，按下录音键，开始真正的考核。

露西绞尽脑汁，盘算着在剧本里面加上和爸爸联络的暗号。也许，到最后的时候，她只要大声呼救就行。

可惜一切都是徒劳。录音快要结束的时候，露西读完纸上的内容抬起头，却看到安妮拿着一个注射器。她开始尖叫……

几分钟后，安妮·斯托特离开小屋，取出车，小心翼翼地沿着白雪覆盖的道路行驶到朗波特站，在那里把一个小包裹寄到伦敦。随后，她掉头开往贝尔卡斯特的方向。此时是上午 11 点 25 分……

阿尔弗雷德·拉格比把车停在市政停车场，转头对埃琳娜说："你等一会儿，亲爱的。从这里走几分钟就到邮局了，完事后我会直接回来。嗬，那边停着的不是利克的车吗？"

他妻子那双悲伤的眼睛注视了他一会儿，说："我希望你能改变决定。"

"听着，我们已经说得够明白了。就算我把机密信息给他们，也无法保证露西会回来。他们是些什么样的人，你是清楚的。"

"是的。"她回答，声音轻得几乎听不清，"可是……"

"这是唯一的希望，难道你不明白吗？就是跟踪那个去取信息的人，他可能会带我们去露西的所在之处。我已经跟你说过了，斯特雷奇威认为她可能就被关在附近。"

说完，拉格比就离开了，任由埃琳娜呆望着他的背影。他走进邮政总局的时候，十八世纪建的市政厅塔楼上的钟刚好敲12点。他从钱包里拿出一张折起来的纸，插在长柜台上方放着政府有奖债券的架子后面，然后径直走了出去。

邮局另一边，格栅后面的便衣警员全神贯注地戒备着。

邮局外的转角处，一辆警车正在待命，还有几辆警车沿着小镇边界的主干道巡逻，警方的无线播报员也一直警戒着。一辆外表普通的货车就停在三十米外的大街上，车上配备了无线电和增强马力的发动机。司机看上去睡着了，车上也看不到其他人，其实车厢里埋伏着五个全副武装的警察。敌方的目标一出现，这辆车就会开始跟踪。

中午时分，奈杰尔正在书店里翻着一本书，透过书店的窗户可以清晰地看到街对面的邮局。一名男子正在擦拭大楼墙上排列的信箱，他可以从窗户外看到邮局里面的便衣同事。里面的人一旦发出信号，他就知道有人取走了信息，正要往外走。

一个又矮又胖的黄脸女人走进书店，她拿起一本书，开始翻看，然后走近窗户，好像在找更亮的光线阅读。一瞬间，奈杰尔意识到她的眼睛在盯着自己，但他没有刻意关注她。几秒钟后，他看到贾斯汀·利克漫步进入邮局，这个身影毫不起眼，就好像穿了一件隐形斗篷。在昏暗幽静的小书店里，奈杰尔紧张到了极点，他发现连自己手里的书都在颤抖，于是他放下书，目不转睛地盯着邮局大门。贾斯汀·利克，这可能是巧合，但是，如果要奈杰尔从家庭旅馆的住客中挑出卧底，他会选利克。此人不是善茬。

几分钟过去了，利克从邮局出来，朝着停车场的方向走去。奈杰尔慢悠悠地走出书店，然而，擦拭信箱的人却没有发出信号。

这一刻，奈杰尔尝到了前功尽弃的苦涩。与柜台后面的便衣聊过之后，他得知贾斯汀·利克压根儿没有接近放着有奖债券的架子。他似乎对一切毫不知情，只是买了一些邮票，写了一封电报交给柜台。奈杰尔让便衣警察立刻去找警司，要求查看电报的副本，他自己就等在邮局，一直盯着放有奖债券的架子，直到便衣回来。

不停有人跺着脚走进邮局，边走边踢掉长靴上的积雪。大街上车辆来来往往，把雪压成了红糖色的软泥。一辆卡车缓缓停下，男人们从车上往路面铲沙子。一个孩子在人行道上骑着崭新的童车，车突然打滑，他摔倒在地号哭起来，他的母亲抱起他，生气地摇晃，好像孩子给她丢脸了。这个集镇似乎仍然被圣诞节后的倦怠感折磨着。一阵西北风吹过，寒冷刺骨，冻得奈杰尔无法思考。他沿着大街继续走，经过无人问津的名人雕像，人像头上的雪积成个帽子。他走进了警察总部。

"我还以为鱼儿刚才咬钩了。"奈杰尔对斯巴克斯警司说，"其实鱼儿连鱼饵都没靠近。刚才那个家伙叫利克，住在家庭旅馆，身份不明。"

"时间还很充裕，斯特雷奇威先生。喝杯茶吧，你看起来很饿的样子。"

"谢谢，好的。我觉得他们的人不会露面了。"

"你是说他收到家庭旅馆方面的通风报信，知道拉格比教授没有就范？我看你说得没错，但是，今天早上旅馆那边没有电话打出去，至少没有可疑的电话。"

"也可能利克是来这里提醒他们的。"

"没人通知我的伙计们要特别注意他。"警司的语气中带着一丝不满。

奈杰尔说："我不是在怪你，你们也不可能跟踪所有人。对了，利克在电报里说了什么？收到电报复件了吗？"

警司递给奈杰尔一张纸条，上面写着——

詹姆斯·艾伦比爵士。红楼。萨里郡，奥尔特灵厄姆镇。目前没有发现，但已有点头绪。利克。

"这位叫艾伦比的老兄是谁？"奈杰尔问。

"据我所知，是个大企业家。我隐约记得去年在报纸上看到过他的新闻，他女儿做了什么惊世骇俗的事，我记不清了。"

"有点头绪？"奈杰尔沉吟片刻，"这么说，他很像那种下三烂的私家侦探。不管怎么说，这两件事应该不相关。"

警司放在桌上的手活动了一下，这是一双有力的手。他说："我真想掐住那个人的喉咙。斯特雷奇威先生,你有孩子吗?"

"没有,不过我明白你的意思,露西是个受老天眷顾的孩子。"奈杰尔自言自语说道,"我的露西竟如此快地走完了旅程……"

"华兹华斯[①]的诗,对吗?学校里学过。我们可千万不能泄气,先生。"

"这种等待太煎熬了。"

"就像打仗一样。百分之九十九的等待,百分之一的行动。"

"没错,我们就是在打仗。"

两人一块儿商量之后的安排。郡里的警察会一个不漏地筛查偏僻的农场和小屋,因为奈杰尔的预感很可能是对的,露西还在警戒圈内,她没有被带到伦敦。至于贝尔卡斯特的邮政总局,便衣警察会在那里看守一夜,监视邮局员工晚上下班的情况,排查员工里面是否有对方的卧底。

奈杰尔想,这些行动其实已为时太晚。先前的匿名电话指示拉格比在中午投递信息,这意味着对方的人随后就会去邮局取件。然而一下午过去了,邮政总局方面还没有发来消息,看来,对方派去取信息的人极大可能已被叫停。但他们是怎么做到的呢?奈杰尔细细察看今早家庭旅馆的电话监控单:几乎没什么电话,也没有可疑情况。不过,警司还是调出了一个电话,准备进一步调查。奈杰尔必须弄清楚除了

[①] 华兹华斯(William Wordsworth, 1770年-1850年),英国浪漫主义诗人,曾当上桂冠诗人。其诗句"朴素生活,高尚思考(plain living and high thinking)"被作为牛津大学基布尔学院的格言。

贾斯汀·利克和拉格比夫妇之外，还有没有其他客人中午之前从唐库姆来过这儿。

奈杰尔离开了贝尔卡斯特，开车赶回唐库姆的家庭旅馆。漫天纷飞的大雪聚集在挡风玻璃上，雨刷开始吱嘎作响。往回赶的路上，前方五十米的黑暗中，巨人独眼般的黄色大灯突然向他闪了闪。灯光来自一辆扫雪车，正开着吹雪机把积雪吹到路边裸露的区域。奈杰尔把车退到一边，让扫雪车过去。

扫雪车的司机问他："你要开多远？"

"到唐库姆去。"

"算了吧，你开不了多远的。大雪已经封住了山谷。"

第五章 暴风雪

12 月 28 日至 29 日

就在奈杰尔遇到扫雪车前的一个小时,保罗·坎宁安和男孩埃文一块儿出发了,他们要去朗波特站。保罗把男孩从头到脚裹进毯子里,放到后座。在去朗波特站的路上,他的乘客不能让人发现,这一点关系重大。保罗对男孩的说辞是,他必须裹成这样才能御寒。男孩接受了他的借口,他已经接受了过去几周来所有可疑的事情,小小年纪的他早就学会了逆来顺受。当然,他一点儿也不觉得冷,他心里藏着的东西足以温暖他的全身,而现在,离这个美好的奇迹只有几个小时的路程了。隔着层层衣物,他摸到了胸前的圆形吊坠。

保罗·坎宁安张大眼睛想要透过大雪往前看，雪花在前灯的照射下飞舞旋转。谢天谢地，终于要摆脱这男孩了，他讨厌这孩子，讨厌他的浅黄色头发，讨厌他低眉顺眼的样子。与其说是孩子，不如说他更像一个矮墩墩的机器人，只会礼貌地回答，不会发问，其实，他不会发出任何要求，只求不再被人踢来踢去。他缺少与年龄相符的活泼，紧绷着没有一点弹性，就跟车子后轮套着的链条一样死气沉沉。

车开过农场时，保罗听到远处传来铁链的叮当回响，看来拖拉机在崎岖的道路上行驶得相当顺畅。再过半英里，他们就会开到穿越村庄的辅路上去了。雪花从四面八方吹过农场的大门，形成了一个延伸到路上的半岛，汽车在穿过这些田地的时候放慢了速度。保罗庆幸再有四十分钟应该就能到达朗波特了，尽管现在离朗波特的距离还不到四英里。

这片区域起伏不平，崎岖难行，东北部的一英里外被高高山脊包围着。保罗现在有两条路线可选，他可以沿着现在的路越过山脊，往下开到离山谷半英里的朗波特。另一条路线是左转开到几百米外的路上，前行一英里后，右转到辅路继续开，要绕个远路上山顶，再开两英里才到朗波特。几天前，保罗对两条路线进行了侦察，他的本能反应是避开主要的交通道路，因为如果有人在主干道拦下他的车，发现后座的男孩，就前功尽弃了。保罗凭着自己的直觉，调转方向，沿着蜿蜒漫长的斜坡，开往通向山顶的小路。

快到山顶的时候，保罗才意识到这场暴风雪来得太猛烈了。山顶没有树木的庇护，东北风把雪从高处往下吹，车子好似一下子开进了浓雾，车前挡着一大片白色泡沫，连前灯的照射也无法穿透。保罗放慢车速，他打开车窗想要看清前路，一开窗，狂风就夹着暴雪灌进车里，他的半边脸像是被裹着冰冷棉絮的锤子狠狠地砸中。突如其来的猛击使他下意识地急转弯，车轮打滑，轮胎陷在道路左侧的雪堆里动弹不得。

保罗只得下车查看。他刚往前迈了几步，就发现积雪已经没过了膝盖，风雪交加，雪雾弥漫，根本看不清前方的道路。他检查了车轮，四个轮胎都埋在雪里，因为刚才车往左侧倾斜，后车轮滑进了一个浅沟。后备厢里有一把铁锹，可要是等他把后车轮那儿的积雪清理干净，倒车下山，再开上主路，兜个大圈子到朗波特站，就可能赶不上时间，错过今晚开往伦敦的最后一班火车。

保罗回到车上，见男孩蹲坐在后座上一动不动，一声不吭。这个木头人一样的孩子沉甸甸地压在保罗的心坎上，他感到一阵巨大的恐惧袭来，心想：无论如何也要摆脱这孩子。

他对男孩说："埃文，我们困在这儿了，得走路去。车站离这里只有半英里，路上最多花十分钟，时间充裕，你下车吧。"

男孩顺从地下车，一手抓着他的廉价帆布拉链袋，犹豫片刻后，伸出另一只手去握住保罗的手。两人在雪中艰难地往山顶走去。往山顶步行的道路能见度好一些，在风消雪停的片刻，他们往下能看到山谷附近朗波特的灯光。可铺天盖地的大雪随即再次包围住他俩，他们又挣扎着往前走了五十米。

保罗很快意识到，走上裸露在风雪之中的山头，他们的处境只会变得更糟。如果要把男孩带到车站附近，事后他就得原路返回，再次登上这座该死的小山。以目前大雪堆积的速度计算，凭他一人之力很有可能挖不出深埋在雪中的汽车，但是，在车里过夜会破坏他们的计划。不能让任何人发现他从朗波特站的方向而来，到朗波特站坐火车的小男孩和现在住在走私者小屋里的"男孩"之间不能有丁点的联系。

正因为害怕在主路上被拦住盘问，胆小怕事的保罗选择了走向绝境的小路，而现在，他的胆怯即将逼迫他做出更糟糕的背叛。寒风刺骨，雪片疯狂地在他周围打转，他仅存的意志已经垮了。他从男孩的手里抽出自己的手，含糊不清地说："我现在必须回去，我要把车挖出来，不能耽搁。你会没事的，沿着路走，只有四分之一英里的路了。"说完他就转过身往回走，只觉得邪风不再吹进他的牙齿里，哦，多么幸运的解脱。

"再见。"男孩迟疑片刻说道，他的同伴已经消失在狂乱的雪夜中了。男孩穿着破旧的大衣站在那儿，冻得瑟瑟发抖，他开始往前走。绝对不能错过火车，保罗舅舅说过的，时间充裕。他的脸已经冻麻了，不那么痛了。每迈出一步，就觉得雪积得更深了，在齐腰高的雪地里，他举步维艰，像只旱鸭子在海里往岸上瞎扑腾。一瞬间，他又瞥见了灯光，离得更近了，但还不够近。面前的道路有一段低洼处，那里的雪积得最厚。男孩实在过不去了，他竭尽全力鼓起勇气，手脚并用地往路缘石上爬，想要跨过那一段厚厚的积雪。

可惜，此时的他已经被狂风吹得晕头转向，他跌跌撞撞地绕着低洼地段转了一圈，从路缘石上摔了下来，正掉在他努力要避开的积雪上。他又往前挣扎了几米远，连呼救的力气都没有了。他倒下了，躺在原地无法动弹。他再也感觉不到寒冷了，鹅毛般的被子盖在身上。

男孩的一只手移到胸前，紧紧握住藏在那里的圆形吊坠。他叹了口气，很快就睡着了。他做了一个美梦，梦见了在伦敦等他见面的人。梦做完了，他也死了。雪吹进他微笑的嘴角，落在他的头上，他的身上，还有另一只手攥着的廉价布袋上……

"我的上帝啊！"保罗的神情就像经历了巨大磨难洗礼的英雄，"外面真是暴雪肆虐，车子陷进积雪，我差点没能开出来。"他在火堆前搓热双手。

安妮·斯托特不为所动，问道："他赶上火车了吗？"

"哦，应该能赶上，我已经陪他走到离车站不到一百米的地方了。我没办法继续走，我得在雪把车埋了之前赶回去。"

"你应该把他送到车站的。"

"然后晚上我冻死在那儿？"

"哦，保罗，不要说得那么夸张。"

"你是不知道山上的雪有多大。"保罗忍不住又任性地加了一句，"我看你这边也没取得什么辉煌战果吧。"

安妮说："我已经跟你说过了，拉格比想要欺骗我们。明知他给的是假信息，还要走进警察设的陷阱，这么做可不明智，对吗？"

"那我们下一步怎么办？"

"彼得罗夫会对拉格比施加压力，然后我们执行第二套方案。"

"照这样下去，都要变成五年计划了。你难道没有意识到一个简单的事实？我们这儿很快就要大雪封山了，拉格比那里也会封路，这么一来，谈判就要陷入僵局了。还是说，英明领袖彼得罗夫会带着一个连的扫雪车出现？"

安妮·斯托特不屑地看了保罗一眼，出去准备晚饭。保罗又给自己倒了杯威士忌，他的思绪飘到了楼上关着的小女孩，沉吟片刻之后，他又摆脱了不安的想法。这两个星期，讨人厌的安妮老是说他逃避现实，可就算换了别人，也一定想逃离这场噩梦的。

晚饭后，他们收听广播。不一会儿，开始播报当地新闻了，安妮织毛衣的咔嗒声停下了，保罗正襟危坐。

"……露西·拉格比，昨晚在唐库姆家庭旅馆失踪的八岁女孩，现在依然下落不明。目前得知她可能是遭到绑架，警方正在本郡范围内进行调查，集中搜索唐库姆附近五十英里内的独栋房屋。最后一次见到露西时，她穿着一件蓝色的带帽夹克，里面是蓝绿格子的连衣裙。她留着黑色长发，白皙的瘦脸，灰色的眼睛，左耳后面有一道手术留下的疤痕。警方认为，绑架者可能试图改变她的外貌。如果有人看到符合上述描述的儿童，或者最近在自己居住的地区遇到不明来历的儿童，请立即与当地警方或贝尔卡斯特警察总局联系，拨打贝尔卡斯特分机390。下面我再重复一遍……"

保罗·坎宁安盯着安妮看，企图用轻松的语气掩饰焦虑："这么说，绿头苍蝇很快就会在我们耳边嗡嗡作响了，永远正确的彼得罗夫预料到这步了？"

安妮皱起眉头，说："我不太明白怎么回事，看来拉格比不相信彼得罗夫说的孩子被带到了伦敦。没关系，不足以影响大局。斯韦特一家不可能发现我们把她和埃文调了包，所以这座小屋里没有不明来历的孩子。"

"但是，如果警察上门来搜……"

"那他会发现有个卧病在床的男孩。这个浅黄色头发的男孩已经在这儿待了两个星期，斯韦特一家可以做证，他们知道埃文身体虚弱。明天我会和他们说，最后决定不送他去伦敦，因为他又生病了。都到了这一步，你可不能慌了神。"

"要是警察发现卧病在床的孩子左耳后有手术伤疤，你不觉得他会起疑心吗？"

"他不会发现什么伤疤。小孩会被打上麻醉，然后我会用绷带缠在她的脖子上。"

保罗悻悻地说："你事事都考虑到了，是吗？"

"我必须这样。"

"除了考虑孩子的感受！你有没有停下来哪怕一小会儿，想想她现在感受如何？别跟我说什么个人感情和重大政治问题相比不值一提。"

"既然你这么善解人意，你怎么不去安慰一下这个孩子，给她读点什么？"

"你这是明知故问。"

安妮冷冷地说："因为你只求保全自己，原因就这么简单。你不敢让她看到你，害怕以后在什么地方碰到她，她会认出你来。"

这时，隔壁房间的电话铃刺耳地响了起来。保罗抱怨道："谁会在深更半夜打电话？"

安妮·斯托特接完电话回来时沉着脸，紧紧抿着嘴唇。她说："是彼得罗夫打来的。他大发雷霆，说埃文根本没到达滑铁卢站。"

"但他肯定去了。"

"别狡辩了。你为什么没有送他到车站？"

"我和你说过原因的。"

"区区一场雪就把你吓破了胆。天啊，你真是个大傻瓜！这孩子肯定是错过了火车，到别人家去避雪了。他绝对会揭发你我，还有这里发生的一切。所有计划都让你搅黄了。"她大发脾气，继续说道，"我早就警告过彼得罗夫，你是麻烦鬼，把你这么胆小如鼠的人拉进来迟早出事。"

"你凭什么这么和我说话，你个臭婆娘！"保罗的声音拔高到了假声。

女人狠狠地给了他一个耳光。他用力地摇晃她，然后重重一推，搞得她失去重心，摔瘫在扶手椅上。她在椅子上怒气冲冲地盯着他。

保罗冷笑着说："我还以为你们不允许个人暴力呢。"

女人还是怒目相视，有点气喘吁吁。

"我猜没有男人对你这样过吧？勾起了你的兴致，对吧？"

"就凭你？"安妮说完后奋力起身，去床上睡觉了。

第二天早上八点钟，露西被"疯女人"叫醒了。"穿上你的罩衫，跟我来。"

安妮把她带到房子另一侧走廊尽头的卧室,那是埃文之前住过的房间。窗帘被拉上了,安妮指着窗边的一张床,说:"上去。"

露西爬上床,有点发抖,她没忘记前一天早上的事。

安妮说:"送牛奶工快要来了。等我提醒你的时候,你就拉开窗帘,脸靠近窗玻璃,向他打招呼。你要对他挥手,然后说'你好,吉姆'。记住你的名字,你叫什么名字?"

"露西·拉格比。"

"哎呀,不对,再来一次。"

"说错了,是埃文。"

"这就对了。吉姆可能会冲你大喊'你好,埃文,你怎么样'之类的话。"

"我该怎么回答他呢?"

"你就对他笑一笑,再挥挥手,然后我会拉上窗帘。很简单的游戏,对吧?"

安妮用绷带包住露西的脖子,接着说:"不许多嘴,不许做呼救之类的傻事。"

"我知道了。"露西小声说。

"否则,就是逼我再用这个。"女人从包里拿出注射器,"你知道我说到做到,对吧?"

"知道。"露西畏缩着躲开她。她害怕极了,但她的脑子还在飞速地思考着。她必须记住拉起窗帘时能看到什么,她要把一切写到故事里,故事的主角就是一个遭到绑架的孩子。在露西的脑海深处,总有一个模糊的希望，就是她或许能够把故事传达给父亲，给他提供线索，让他知道自己在什么地方，好让他赶来救自己。

几分钟后，露西听到外面有动静。"安妮阿姨"拉开了窗帘，来了一个提着牛奶桶的男人，肯定是吉姆，还有另一个男人，露西只能看到他的头顶。昨晚她听到有人跟安妮阿姨吵架，这一定是他了，她第一次意识到房子里还有第三个人。

窗外可以看到一片开阔的景色，白雪皑皑的山丘，其中一座山上有一排树木，显得格外突出，右手边是一个农场……露西还没有看全，就被旁边的女人打断了，她说："开始吧。"

露西敲了敲窗户，吉姆抬起头，冲她咧嘴一笑，喊道："你好，埃文！听说你又不舒服了，真遗憾。"露西微笑着向他挥手。

安妮阿姨拉上了窗帘，说："你现在可以回自己的房间了。我待会儿给你送早餐。"

"我做得对吗？"露西已经决定尽力配合，既然这个魔怔的女人把她当六岁的孩子看待。

"是的，埃文。我很高兴你想通了。"

露西躺在床上吃鸡蛋和烤面包的时候，在一张纸上草草记录，记下窗帘打开的十五秒钟左右她看到的一切。这就像在玩"托盘上的物品"游戏，一开始，她几乎什么都想不起来，但很快，连当时没太注意的细节也浮现在她的脑海里了。

她穿好衣服，拿出那叠书写纸。女主人公的名字叫辛德斯，露西的父亲有时会用这个昵称叫她。第一章，辛德斯遭绑架，她被人带到一所与世隔绝的房子里，里面住着一个黄脸疯女人。露西点点头，满意地读完开篇的这一章，真是杰作。她拿起铅笔，继续写了起来。

第二章 我在哪里？

第二天早上，那个疯女人，辛德斯不得不叫她安妮阿姨，带她进了房子正面的一个房间。她让辛德斯看窗外，出于某种愚蠢的原因管她叫埃文。下面有一个叫吉姆的人，送了些牛奶过来。还有一个男人，可惜他站在门口，辛德斯只能看到他的头顶。辛德斯想：我猜他就住在这，可能是安妮的监护人。

吉姆向她挥手，她也向吉姆挥手。他穿着旧军大衣和长筒靴，戴着一顶红色的羊毛帽，帽子上顶着一个绒球。疯女人压低声音凶巴巴地说："你要是敢呼救，我就给你打针。"所以辛德斯不敢呼救。她小时候得过一场大病，那之后她就讨厌针头。

窗外的风景蔚为壮观，白雪覆盖的山丘就像汹涌的海浪冻在半空。靠左边的一座小山吸引了辛德斯的注意：山顶的轮廓是圆形的，有四五棵树矗立在山顶。小屋坐落在一座小山的边上，往下走应该是个山谷。辛德斯敏锐的眼睛注意到窗子的右边不远处有座农舍，她想，牛奶就是从这里来的。她只能看到这座农舍，小屋的窗户顶部是拱形的，插着白色木条，把景色割开了。现在辛德斯看不到窗外了，因为疯女人叫她滚回自己的房间去。回房间的路上，辛德斯看到墙上挂着一张照片，里面留着胡子的男人像她父亲一样戴着帽子，穿着学士袍。

写到这里，露西开始啃铅笔头。这时门开了，那个"疯女人"进来拿餐盘。她瞥了一眼露西，这一刻着实把露西吓坏了，她拼命克制捂住纸笔的冲动，千万不能暴露啊！女人锁上门，又出去了。露西把她写的纸藏在抽屉的衬纸下面，突然，她有了更好的主意。她又把纸拿出来，在另一张纸上抄写了同样的内容，把复制的那份藏在抽屉里。这样就算安妮阿姨发现了故事，撕掉一份，她也不会猜到还有一份。

　　但是，怎么寄给父亲呢？即使想方设法寄到了父亲那儿，他怎么才能知道她身在何处呢？女人告诉露西，这个屋子在白金汉郡，离伦敦大约三十英里，她把这段对话写进了辛德斯冒险故事的第一章。全英国肯定有数不清的圆锥形山丘，上面长着树木，突然，她灵光一现，对自己说：你真是冒傻气，信上的邮戳会告诉父亲大致方位的。接着，她又问自己：那你怎么才能把信寄出去呢？没有信封邮票，就算有，他们也不可能让你去寄信的。你说为什么？因为他们根本不会让你离开这个房间。但他们在早餐前带你出了房间，让你看到了吉姆。他送牛奶来，如果他来的时候，你一个人在房间里，只要一小会儿就好，也许你可以把那张纸扔到他头上——把纸折成纸飞镖飞出去……

　　"我想不通的是，为什么他们要把事情搞得这么复杂，一定要我把机密信息留在邮局。我希望能写信，放到信封里寄出去，寄到伦敦的某个地址，要么直接在电话里亲口说。"

　　拉格比教授的嗓子因为整夜失眠而变得沙哑。用过早餐后，他和妻子，还有奈杰尔一起坐在旅馆老板的办公室里，等待他们期待已久的电话。

奈杰尔问："你觉得呢，拉格比太太？你比我们更了解这些人的做法。"

她似乎吃了一惊，说："这些人？哦，当然了，他们彼此不信任，他们不敢过于轻信，也许就是这个原因。"埃琳娜颤动的低音让她的回答听上去有些戏剧化。

她丈夫问："你在想什么？"

埃琳娜说："不管昨天在伦敦和你说话的人是谁，他肯定不是主谋。他的上级会怀疑他是双面间谍，怀疑他是机会主义者，会把信息出卖给出价最高的人。"

奈杰尔问："所以，他们不会冒险让情报直接落入他的手中？"

埃琳娜说："是的，我丈夫手中握有的机密价值连城。他们会派一个绝对可靠的人来取信息，再交给负责人。要尽可能地确保这张网中的人互相之间少接触，这是间谍活动最重要的规则。"说完，她迈着演员特有的流畅步伐穿过房间，靠门站着，手掌举到太阳穴，好像她的头要爆炸了。她痛苦地喊道："哦，上帝啊！我逃离那个国家的时候，还以为能把这些可怕的事情抛在后面。"

拉格比说："过来，亲爱的，你千万不要太难过了，露西的遭遇不能怪到你的头上。"

埃琳娜盯着她的丈夫，像看着陌生人一样，她激动起来："告诉我这些有什么用？我们好好地坐在这里聊天，小露西却……"

"当然，还有另一种可能。"奈杰尔平静的声音让埃琳娜安静下来，

"他们可能会把露西作为诱饵来抓她的父亲。教授对他们来说，远比这点情报有用。"

"天哪，老兄，你是说他们会来抓我，把我偷运出国吗？"

"胁迫你出国。"

埃琳娜说："阿尔弗雷德绝对不会出国，绝对不会叛逃的。"

"这点我相信，但他们可能有新的招数，我们要做好准备。"奈杰尔扭头问拉格比，"假如他们打电话给你，让你一个人去露西所在的地方，你会怎么做？"

拉格比说："我会去的。"

"正中陷阱？"

"只要有一点机会能找到露西，把她解救出来，我都会去的。我能照顾好自己。"

"哎呀，阿尔弗雷德，你不了解这伙人。"埃琳娜喊道。

"我开始了解了。"教授严肃地说，"别忘了，战争期间我干过一些危险的事情。要是最糟糕的事情发生了，我还有氰化物胶囊。"

这时，电话铃响了。奈杰尔跑到大厅里，在那边的设备上监听电话内容。

"伦敦有电话找拉格比教授。"

"我是拉格比。"

"伦敦，请讲，电话转接到唐库姆。"

"是露西的父亲吗？"

"我是。"

"你没有按照昨天的指示去做,真是愚蠢透顶。你不仅通知了警察,还想用假情报骗我们,这种事绝不能再发生了。"电话那头低沉的声音抱怨道。

"我可保证不了。"

"那你的固执要让你女儿受苦了,她会付出惨重的代价。"

"我不相信你。要我说,露西肯定已经死了。"

这话与原先的剧本大相径庭,让奈杰尔大开眼界。短暂的沉默过后,那个声音说道:"你错了,教授,现在她就在我的房间里。露西,过来,和你父亲说话。"

又是一阵沉默。突然,一个孩子的声音从电话线那头传来:"你好,爸爸,是我,露西。"

"上帝啊!露西,亲爱的,你没事吧?"

"嗯,我很好,他们对我很好。我有很多吃的,还有漂亮的房间,里面有书也有玩具。"

"你到底在哪儿,宝贝?"

"不行,他们不许我说在哪里。在伦敦的什么地方吧。埃琳娜还好吗?"

拉格比还没来得及回答,孩子的声音就变了,她开始呜咽:"不,不要再来了!求你不要,不要那个东西!拿走,啊!"她在尖叫。

露西的呜咽声变得越来越轻,这时,男人的声音回来了。

"听到了没,教授?露西还活着,只是她的处境会变得十分凄惨,而且,只要你还这么固执,她的情况就会雪上加霜。务必准备好接受下一步的指示，再见。"

听筒从拉格比手里咔嗒一声掉到桌上。奈杰尔回到房间时，一直坐在拉格比身边、耳朵贴着他的埃琳娜正咬着指关节。

"我受不了。"教授终于憋出几个字，他面如死灰。埃琳娜跌跌撞撞地起身，边走边哭。

奈杰尔问："确实是露西？"

"是的，可怜的宝贝。所以，她的确是在伦敦。"拉格比木然说道。

奈杰尔说："我怀疑她不在那儿。"

"什么意思？电话是从伦敦打来的。"

"她说话的方式不自然。"

"谁能在这种情况下自然地说话？"

"我是说，她的语气更像是在背课文，在朗读。"

"看在上帝的分上，老兄，你的意思是说最后的那段不自然？"

奈杰尔摇摇头："不，最后的那段应该是真的，但是，难道你没听到她刚开始说话时，有微弱的嗡嗡声吗？"

"我刚才没法……"

"是录音机录的。这东西是伪造的，非常清楚。"

"不管怎样，她一定还活着。"

奈杰尔想，他们逼她录音的时候，她肯定活着，只能确定这一点。他说："是的，她还活着。不管是谁关着她，都会把录音带寄到伦敦。他们想让你屈服，而且要我们相信人在伦敦。"

此时，教授的大脑开始运作了，他问："这里所有的内线电话都监听了吗?"

"是的。"

"斯特雷奇威,你看,我无法想象有人把录音机带进公共电话亭。他得把机器举起来,在话筒前放音。这么做非常别扭,肯定会引起旁人的注意。"

奈杰尔立刻打电话给斯巴克斯警司,请他调查电话是从哪里打来的。几分钟后,警司回了电话。那个电话来自谷物交易市场,不是公共电话亭。

"在阿克顿。"奈杰尔说,"我们终于有发现了。请你协调那边的部门,查出电话用户的地址,还要调查那个地方。得赶快去,我们刚从那里接到电话,又有进一步的威胁。"

"我要把那地方查个底朝天。"警司说。

第六章　盘根问底

12 月 29 日

警车风驰电掣，飞雪溅到挡风玻璃上。两旁的灌木丛被狂风和积雪压弯了腰，垂到通向家庭旅馆的车道上。斯巴克斯警司走出车子，步伐就像老农夫一般沉稳老练。他和身后的警员走进旅馆大厅，跟一群记者聊了几句后便进了办公室。奈杰尔·斯特雷奇威正在那里等他。

"这一路上简直糟透了。"斯巴克斯边说边脱下了大衣。扫雪车只能维持山谷中的一条车道畅通无阻。斯巴克斯向奈杰尔介绍道："这位是迪肯警员。通往伦敦的主要道路已经堵住了，看起来比 1947 年的情形更加糟糕。那些狗仔队是什么时候到这里的？"

奈杰尔说："昨天晚上。他们先是从伦敦坐火车到了朗波特，然后在那里租了一辆车过来。"

"他们住在哪里？这里没有房间了，对吗？"

"哦，他们在村子里搞到了床铺。能在新闻中抛头露面，唐库姆的村民都很开心，他们现在正对故事背景添油加醋呢。"

"是啊，因为对故事将来的走向，他们可什么也说不上来。最近的这个电话怎么样啊？"

奈杰尔跟他说了一些要点，斯巴克斯听到最后部分时握紧了拳头："那些混蛋！竟然那样去利用一个孩子……"

"显而易见，有人向他们告密，泄露了警方的陷阱以及拉格比会提供虚假信息的事。打电话的那个家伙说拉格比'不仅通知了警察，还想给我们假情报'。"

"谁知道这些？"

"拉格比。我想想，还有他妻子，还有我。"

"没有其他客人吗？"

"他们怎么能知道呢？对了，昨天早饭后，拉格比对旅馆里的客人们说过，他要和绑匪斗到底，仅此而已。当然，这也只是猜测。"

警司点燃了烟斗，若有所思地凝视着奈杰尔，问道："你不会是说教授自己在玩什么花招吧？"

"不会，我对此非常肯定。"

"那就只有他妻子了，你说过她是匈牙利人。"

"是的。她刚来英国时，安全部门对她进行过一番彻底的审查。

他们说，她完全没问题。"

警司说："再说，她会让自己的女儿被绑架？这不合情理。"

奈杰尔补充道："是继女，不过即便如此，我也认为不大可能。但是，她昨天早饭后确实去了村子里的邮局，邮局外面有一部公用电话。我让马辛格小姐调查了一下，当时，拉格比太太找邮局的工作人员要了一些零钱打电话。"

"如果是她，不可能这么光明正大地打电话吧？不过，我们最好还是问问她。迪肯警员，能去找一下拉格比夫人吗？"

片刻后，埃琳娜进来了，她气喘吁吁地问道："有消息了吗？"

斯巴克斯警司回答："恐怕要让你失望了，拉格比夫人，不过不要灰心丧气，我们今天投入了大量警力全力搜寻，伦敦那边可能也会有线索。"

"真希望我也能帮忙做点什么！"她哭了起来。

斯巴克斯拍了拍她的肩膀，让她坐下，接着说："夫人，很抱歉我马上又要问你很多问题，但是这或许真能帮上我们的忙。"

"噢，太好了！尽管吩咐。"

斯巴克斯瞥了一眼，他的手下掏出了笔记本和铅笔。斯巴克斯问道："夫人，昨天早上，在你丈夫去贝尔卡斯特之前，你和他讨论了绑匪的要求？"

"对，那时他们还没有打电话来。我是说，我们谈论这件事的时候，还没有接到绑匪的电话，当时我们正在房间里用早餐。"

"你丈夫说，他会拒绝对方提出的任何要求，对吗？"

"是的,我俩为此还吵了一架。你知道的,我是一心要把露西找回来,其他别无所求。"

"人之常情。关于对方提出的要求,教授怎么说?"

"唉,他想在时间上做点文章。假装把他们想要的机密信息给他们,然后等他们查看的时候,那些信息已经派不上用场了。"

"他说一旦绑匪和他联系就通知警方?"

"是的。我认为这种做法很不明智,但阿尔弗雷德是个固执的人。"

"绑匪电话打来后,他立马跟你说了?"

"是的。"

斯巴克斯问道:"那时刚过上午 10 点,然后,你一个人去了村子里?"奈杰尔觉得,警司的语气突然充满迷惑性,就像加了麻醉药的蜜糖,"你丈夫说,你想去邮局问一下露西被绑架时是否有人看到或听到了什么。"

"是的,我只是觉得必须做点什么,你能理解吗?"她把攥得紧紧的两只小拳头碰在一起。

"当然,不过,你并没有什么新发现。"

"没错,我问的那些问题,你的手下也都问过了。"

"然后,你打了个电话?"斯巴克斯问。

埃琳娜的一双大眼睛满是悲伤,盯着他说:"是的。"

"是私人电话,我没说错吧?"

"哦,告诉你也无妨。我那时刚刚想起来,莱姆茅斯的几个朋友约我们出去吃午饭,可我忧心如焚,把这事忘得一干二净,所以我想跟他们解释一下为什么我们去不了。"

"能告诉我那几位朋友的姓名和电话吗？只是例行公事。"

"当然可以。埃拉比夫人，住莱姆茅斯 263 号。"

斯巴克斯跟迪肯警员微微点了点头，迪肯便走到大厅的电话机旁。

"不相信我吗？"埃琳娜惊叫道，她眼中闪烁的光芒似乎在提醒奈杰尔，她曾是一个女主角，"你以为我会参与这起肮脏的阴谋？"

"冷静点，夫人。我必须弄清楚昨天早上谁向绑匪告密，又是怎么跟他们告密的。"

埃琳娜面孔紧绷，她开始嚼着自己一缕浓密的白发，意识到奈杰尔在盯着她，就对他说："我知道，很幼稚的习惯，露西也是从我这里学会的。"

迪肯警员返回了，汇报说："信息都是对的，长官。"

斯巴克斯对拉格比太太微微笑了笑："好了，到此为止。没让你难过吧？后来你和你丈夫去了贝尔卡斯特，你在停车场里等着，在那里看到家庭旅馆其他什么人了吗？"

"我看到了利克先生的车，但里面是空的。我还注意到有一对年轻夫妇走过街道的尽头，他们看起来像是阿特森先生和他的夫人，但是距离有点远，我也不能确定。别的就没看到什么了。"

"这很正常，然后你丈夫回来了？"

"四五分钟后回来的，然后我们开车回到了这里。"

"路上你没看见其他认识的人吗？"

"没有，警司。"

她离开的时候，奈杰尔说："好吧，可以把她排除在外了。"

警司重新点燃烟斗抽起来："我很怀疑。她可以在停车场和神秘人碰头啊，或者，她在这边的公共电话亭里也可以再打一个电话。"

奈杰尔感觉这推测离谱得很："难道她的愤怒还没让你信服？"

"她是一名职业演员，斯特雷奇威先生，她靠让观众信服来谋生，她也是这里唯一一个有敌方阵营背景的人。好了，接下来我们看看阿特森夫妇会怎么说。迪肯，去找一下阿特森先生。"

胡子拉碴的兰斯·阿特森来了，他向奈杰尔脱帽致意，眼神中紧张不安和虚张声势交织在一起。他往一把大椅子的扶手上一坐，说："这是我第一次和警察打交道。"

斯巴克斯正在翻阅文件，有大约半分钟没有搭理他。"阿特森先生，是吗？"他终于抬起头，"我是负责本案的斯巴克斯警司。"

"嗯，我知道，我可没把你当成坎特伯雷大主教。"兰斯说着，傲慢地环顾四周，仿佛自己在跟一帮小屁孩打交道。

"这是一桩重大案件，我将持续负责……"

"当然啦，当然啦。"

斯巴克斯严肃道："少在这里卖弄你的幽默感。这里有你在警方的第一份笔录。二十八岁，住在切尔西，一周前在登记处与阿特森夫人结婚。是在切尔西的那个登记处吗？"

"不是。"

"那是哪个？"

"这有个毛关系啊？我觉得你还是调查案子吧。"

"是哪个登记处?"

"呵呵,得了,伙计。切丽和我就像真正的丈夫和妻子,或者你也可以换个老掉牙的说法……"

"哦,就是说你们其实并没有结婚。你的职业是爵士歌手?"

"没错。"

"成功了吗?"

"哎,总归有起有落。"

"不成功。"斯巴克斯记录下来。

"嘿,我可没这么说!"

"谁安排你在这里过圣诞节的?"

"安排?你想说什么?"兰斯不安地咧嘴一笑。

"是谁预订的房间?"

"哦,我懂了。切丽预订的。"

"你们离开时,由她付账?"

"你看,我都被你问蒙了。"

"那我待会儿去问她。你们昨天为什么去贝尔卡斯特?"

"我和切丽都喜欢灯红酒绿呀。"

"你们是怎么去的?"

"利克开车送我们过去的。"

"你们一直和他在一起吗?请详细地描述一下你们的行动。"

"嗯,利克把车子停在停车场,我们和他一起去喝了点咖啡,然后在商店里逛了不到十分钟。"

"他一直和你们在一起吗?"

"甩不掉他啊,他可真是个累赘。"

"继续说。"

"最后,他说他得去发一份电报,约定五分钟后在停车场和我们碰头。"

"利克先生和你们在一起的时候,有没有和其他人说过话?"

"只和端咖啡的那个小姐说过。"

"他有可能在那里留下信息吗?比如说,在账单上,或者在街道的墙上用粉笔画个记号?"

"账单上是没有,对,切丽付的账单。粉笔,间谍专用道具?这太扯淡了,就算他可能这么干,我反正是没看到。"

"谢谢你,就到这儿吧。迪肯,把那位年轻的小姐叫过来。阿特森夫人,不,切丽小姐,她的真实姓氏是什么?"

"史密斯。"兰斯·阿特森说着,在警察面前溜出了房间。

斯巴克斯警司抬眼望天:"年轻人迟早要吃苦头的。"

奈杰尔问:"如果他们觉得利克这个人无聊乏味,那为什么还总是围着他转呢?"

"还是他围着他们转?我有点搞不懂。"

"你可以问问她。"奈杰尔不置可否,"我对利克发的那封电报很感兴趣。"

"我在等萨里警方的消息,他们今天要去拜访詹姆斯·艾伦比爵士。估计又是一条死路。"

这时，切丽溜进了房间。一条丝巾盖住了她头上和脸上的大部分地方，她把丝巾摘了下来，扔在桌子上。

奈杰尔站起身来，说："艾伦比小姐，我猜你还没有见过斯巴克斯警司吧？他负责这个案子。"

切丽愣愣地盯着奈杰尔，舔了舔嘴唇："艾伦比？什么鬼啊？"

"你不是姓这个吗？"

"当然不是，我是阿特森太太。"

"阿特森先生可不是这样说的。"

"这个狗崽子！该死的蠢货！我……"

斯巴克斯问道："那么，你未婚时姓什么？"

"史密斯。"

"我们暂时先不说这个。"斯巴克斯转换了话题，"你认识利克先生多久了？"

"从来到这里就认识了。"

"你为什么来这家旅馆度假？"

"哦，兰斯在某本杂志上看到旅馆名字，觉得不错。"她含糊其词。

"你和阿特森先生，似乎很喜欢和利克先生待在一起。"

"喜欢？他就像寄生虫一样黏人，烦得要死。"

"他想干什么？"

切丽的声音听起来懒洋洋，但又有一股子劲："哦，我觉得他想敲诈我们。"

"天哪，为什么？"

"当然是因为他活在罪恶中。"

"他已经敲诈你了？"

"噢，倒还没有，不过有过那么一点阴险的暗示。他这人超爱打听八卦，总是试图骗取别人的信任。老实说，我一点也不喜欢他。"切丽有时显得青涩稚嫩，有时却在不经意间显露出身名门的沉稳老练。

"他有没有让你为他做过什么事？比如像昨天早上，给他捎个话什么的，他提出过什么特别的建议吗？"

"没有，我都忘得一干二净了。"

警司又让切丽仔细回忆一下昨天去贝尔卡斯特的经历，她的叙述与兰斯·阿特森一致，她也没看到什么可疑的东西。"但是你可能不知道，"她用一句非常诚恳的俏皮话补充说道，"就算街上冒出一只北极熊，我也不会注意的，除非它挂在我眼皮底下晃来晃去。我这个人有点神经质，我行我素。"

"呃，史密斯小姐，你说的都是实话吗？"

"那当然，我一贯实话实说。偶尔厌倦了讲实话，就会为了显得特立独行而刻意杜撰。"

斯巴克斯警司很少遇到如此不按套路出牌的受讯人，切丽的直截了当让他颇为不安。警司整理着文件，而她则傻乎乎地坐在那里，目不转睛地盯着前方，就像教室里的某个弱智学生。

"你们有记录吗，史密斯小姐？"

"噢，好多呢。兰斯几年前就创下了前十的纪录，不过，我更喜欢古典音乐。"

"我说的是犯罪记录。"

"噢,我没进过监狱,不过,我因为参加特拉法尔加广场的静坐被罚了款。"

"我明白了。你相信单边裁军吗?"

"聪明人都会相信!"切丽深吸了一口气,准备开始一场政治演讲,但斯巴克斯抢先一步打断了她。

"把自己国家的秘密泄露给敌方能推进核裁军事业,你是这么认为的吗?"

女孩苍白的脸涨得通红,说:"那得看情况,但是,如果你的意思是,我是否和绑架露西有关系,那我没有。你们绝对是搞错了。"

斯巴克斯又问了几个问题,面对切丽奇特而平静的不抵抗态度,他有点无所适从。她把围巾围在头上准备离开时,奈杰尔说:"不用遮脸了,记者们都到村子里去了。"

切丽吃惊地瞥了他一眼,然后侧身离开了房间。

斯巴克斯朝奈杰尔扬了扬眉毛,奈杰尔说:"她不想被认出来,因为她上过新闻。她可能还不到法定结婚年龄,她父母正找她,想要断绝她和那个不靠谱的阿特森之间的关系。他们派来找她的人应该就是利克,而利克在玩他自己的双重游戏,'跟踪或敲诈'。我猜她有一大笔津贴,成年后还能领取更多,利克看到了对自己有利的选择。"

"你应该成为一名作家,斯特雷奇威先生。"警司笑了,"如果利克只是想敲诈那么一点津贴,那我可真是同情他。对了,你注意到她说是兰斯选择来家庭旅馆度假吗?下一步,我们去找一下弗伦奇 – 沙利文夫人。"

起初,斯巴克斯对上将的妻子很是小心翼翼,而她对待他就像对待一个高级仆人。她那涂了腮红的哈巴狗脸摆出一副命令的样子,让奈杰尔觉得既可笑又可悲。

"那么,斯巴克斯先生,警察对这一可耻的暴行做了什么?"

"我们正在尽力而为,夫人。"

"我不知道这个国家会变成什么样子,竟然能让间谍从父母眼皮底下把小女孩抢走。"

"这确实令人震惊。"警司附和道,"你怀疑谁?你知道,绑匪在这里肯定有内线。"

"肯定是可恶的阿特森。"

"何以见得?"

"他是个烂人,为了钱不择手段,我们这些军属都很了解这种人。幸运的是,在女王陛下的海军中,这种人倒是非常罕见。"

"利克先生呢?夫人,你对他有什么看法?"

弗伦奇-沙利文夫人的脸上露出了警惕的神色:"利克先生?他看起来还挺有礼貌,虽然还不够绅士。当然,我和他并没有来往。"

"来往?你是指什么样的来往?"

夫人看起来有些慌乱:"我和他没有来往,我是说,只说过几句话。做人总归要有礼貌,说起来,他毕竟不是我们这个阶层的。"

"明白了。所以,除了他出身低一点,你没有其他怀疑他的理由了,是吗?"斯巴克斯冷冷地问。

"对了，只有一件事……"

"是什么？"

"我可不喜欢搬弄是非。"

"夫人。"斯巴克斯的语气故作恭敬，"回答警方的问话，这和搬弄是非是两回事。"

"好吧。露西失踪后的第二天早上，时间不到9点吧，我下楼去吃早餐。经过利克先生的门口，你知道我听到了什么吗？"她戏剧性地停顿了一下，"里面有一个女人正在说话。"

"真的吗？你听出是谁的声音了吗？"

"恐怕没有。"

"那你听到她说了什么吗？"

"当然没有，我直接就走过去了。"

"可以理解。"

"她听起来很悲伤，或许还很生气。"

"嗯，这可能是一条有用的信息。"斯巴克斯说着，向奈杰尔投去了失望的一瞥。接着，他翻了一下桌子上的文件，说："夫人，接下来的问题只是例行公事。你昨天早上给贝尔卡斯特发过一个电报。让我看看，电报内容是'不接受讲价'，你能否就此……"

"你竟敢截取我的私人电报！太可恶了，这是对我私事的粗暴干涉！"夫人面红耳赤。

"对这条消息你没有什么要说的吗？"

"无可奉告！我要向警察局局长投诉这件事。"上将夫人怒气冲冲地走出了房间,警员迪肯跟着她。

奈杰尔咧嘴一笑,说:"惹火上身了吧,伙计。这到底是怎么回事?"

斯巴克斯说,那封电报是发给在贝尔卡斯特开服装店的霍林斯太太的。据调查,霍林斯太太的生意有些不稳定,除此以外,没有什么特别之处。她接受了警方的讯问,说没有她委托人的允许,她不能讨论这封电报的内容。

"和你给切丽小姐编的故事不同,弗伦奇-沙利文夫人可是真有案底的,或者说,她本来应该有的。"

"天哪,因为什么?"奈杰尔问,"用雨伞袭击工党政客?"

"购物的时候偷东西,就在隔壁地区。那还是战争期间,上将当时在地中海,可能他从来也没有听说过这件事。她托上层朋友走了点关系,这件事情就销声匿迹了,没有定罪。但是,一个处理这案子的朋友告诉我,确有此事。我好像记得,还有一个女人牵涉其中,但是她报了一个假名字和假地址,然后就溜走了……"

"也许那女人的真名叫霍林斯吧?"奈杰尔凝视着墙上的狩猎版画,一脸沉思,"你知道,弗伦奇-沙利文夫人看起来有点保守得过头了。她自命优越,能力却无法满足所有的物质欲望,在商店偷东西就证实了这一点。她这种人,别人给点压力就屈服了,比如说:帮我们办这事,给你五十英镑,要是拒绝的话,就把你过去的劣迹公之于众,想想邻居们会怎么说你……"

接下来该讯问海军上将了。斯巴克斯发现迪肯警员不知去了哪里,他对奈杰尔说:"你能把迪肯叫过来,让他把海军上将带来吗?"

奈杰尔在客厅里找到了他们，迪肯站在上将和他妻子身边，有些不知所措。他接到指示，任何一个即将接受警方讯问的人都不应该和刚接受过讯问的人交流，但是海军上将那威严的气势，加上他妻子爆发出的愤怒洪流，吓得迪肯不敢去履行自己的职责。

"把我妻子惹火了？"斯巴克斯自我介绍时，海军上将这样说道。

斯巴克斯说道："我不明白她为什么生这么大气，先生。她昨天早上从这里发出了一封电报，我只是让她跟我聊聊电报上的信息。这是电报副本。"

上将戴上老花镜，接过那张纸："霍林斯太太？嗯，可能是吉米的遗孀，可怜的家伙在地中海战死了。战争期间，穆丽尔和她很亲密，她们曾经一起住在一间小屋里，就在德文郡。1945 年以后，我们就没见过她了。我自己不太喜欢她。这么说，她现在住在贝尔卡斯特？"

"是的，先生，如果和你说的是同一个人的话。她在那儿开了一家服装店。你能告诉我弗伦奇－沙利文夫人为何会对此不安吗？"

"你能告诉我这和你负责的案子有什么关系吗，警司？"

"我需要检查昨天上午打出去的每一个电话和电报。绑匪在旅馆里有个内线，内线向他们透露了我们的计划，我们只是在运用排除法。"斯巴克斯像是在雷区行走一样小心翼翼地答道。

"我明白了。'不接受讲价'，看起来确实相当可怕。"上将温和地笑了笑，"不过，我可以向你保证我妻子不是间谍。你说到了服装店，如果与本案无关，你能保守秘密吗？"

"当然可以，先生。"

"当然这只是我的猜测，电报可能说的是穆丽尔的貂皮大衣。"

"您妻子的貂皮大衣？"斯巴克斯目瞪口呆，结结巴巴地说。

"是的。我最近都没见她穿过了，她也许是想让霍林斯太太帮她私下处理掉。穆丽尔不想这事被宣扬出去，你懂的，她总是为维护社会地位之类的事而担心。因为我亏了很多钱，她的钱和我的钱。50年代时，我在投资中搞砸了，我们不得不大幅缩减开支，你知道，对女人来说这很难。我倒是没什么，我从不介意过苦日子。"

奈杰尔有一股强烈的冲动，想要拥抱这个老人，他是如此温和得体，不失体面。

警司又问了上将其他住客的情况。上将说，他没有看到或听到任何可疑的事情。"不过，你可能找错人了，警司。最近我有点心不在焉，观察能力跟以前无法相比，因为我读了一些东方神秘主义的东西。试过信佛教吗，我亲爱的朋友？"

"没有，先生。"

"等你到了我这把年纪，不中用的时候，可以试试。也许我应该接受那个叫利克的家伙的想法，写一篇八卦专栏。"

斯巴克斯看起来好像被鱼雷击中一样："八卦专栏？"

"好吧，其实不用自己写，把消息寄过去就行。利克认识一名叫强尼的记者，他有个专栏，各种八卦消息从四面八方寄给他。只要他们刊登了你提供的内容，就会付一笔相当可观的稿费，五英镑或十英镑吧。"他暗淡的蓝眼睛像在朝他们微笑，"显然，我们这一带还没有人给强尼提供消息。我对这些人算是比较了解的。斯特雷奇威先生，你觉得我的想法怎么样？"

奈杰尔觉得，他很容易就能想象出，这个单纯可爱的老头是怎么把钱亏掉的。上将继续津津乐道："捞些外快未尝不是好事，你懂的。问题是，他们想要的是丑闻，难堪的当地丑闻。很难想象我能做到，虽然这种事我知道得不少。"

"我信奉老子的思想。"奈杰尔说，"先别做决定，把利克给拴住。"

"可能他会提高报价？哈，非常不错的建议。"

"别告诉他你已经和我们讨论过了。"

"不告诉他是吗？我当然不会。"上将狡黠地向奈杰尔眨了眨眼睛，然后告辞了。

奈杰尔转向迪肯警员，说："斯巴克斯先生回过神后，可能会想讯问贾斯汀·利克先生。"

斯巴克斯手扶前额点了点头，警员走了出去。

"你觉得海军怎么样？"

奈杰尔回答："简·奥斯汀也受到了同样的影响。"

"温特沃斯上校①是我最喜欢的人物，坚决果断，人又聪明。你记得吗……"

贾斯汀·利克走进来时，斯巴克斯和奈杰尔正就简·奥斯汀的小说《劝导》展开一场讨论。警司的战术变化多端，此时他就像一名前锋，显然是要来一场近距离的较量。关于利克的情况，之前的几位证

---

① 英国女作家简·奥斯汀的小说《劝导》中的男主人公，海军军官。

人提到了一些，不过警司并不想马上跟他摊牌，而是例行公事地问了全名、地址、职业等等。

利克回答道："我经营一家咨询机构。"

"是什么样的咨询，先生？"

"人们不想交给警察办的事情，比如，寻找失踪人员，还有一定数量的离婚事务。"贾斯汀·利克用他一贯的平淡口吻说话，没有一丝尴尬或自我防卫的痕迹。

"我想，你给詹姆斯·艾伦比爵士发的电报是关于专业事务的吧？"

"当然。"

"那这件事是什么性质的，利克先生？"

"这是我和当事人之间的秘密。"

"你告诉爵士，你可能追踪到了一个人。"

"是的。"

"一个失踪的亲戚？"

"斯巴克斯先生，如果我泄露了当事人的隐私，他们就不会再信任我了。背叛会让我付出失去工作的代价。"

"我明白了。"警司不再问这方面的问题，但是让利克不太舒服的是，警司又开始讯问最关键的那天早晨，他在贝尔卡斯特的行踪。

奈杰尔仔细打量着眼前这个证人，他确实是一个冷静的家伙，几乎没有情感色彩。从脑袋到背部的线条笔直，没有任何隆起。他有些秃顶，身穿不惹眼的深色西服，衬衫袖口微脏，手指已被香烟熏得发黄，语调几乎没有高低升降变化，目光专注、好奇而不带个人倾向。

奈杰尔认为，这种私家侦探有着绝佳的敲诈机会。如今，在间谍圈内，靠敲诈来要挟对方，已是一种臭名昭著的惯用武器。如果利克不是他们所要找的那个神秘的卧底，那他可能就是那个给卧底施加压力的人，是家庭旅馆这边绑架的组织者。但是，如果这样的话，利克不太可能亲自出现在这里，除非他是一石多鸟。那么，卧底又会是谁呢？是切丽、兰斯、还是上将的妻子？

利克对贝尔卡斯特的行程描述与阿特森他们说的吻合。警司突然放弃了他的安全策略，问道："你怀疑阿特森夫妇是这次绑架事件的同谋吗？"

"阿特森夫妇？没有啊，为什么这么问？"

"你经常和他们在一起，你比我更有机会注意到他们无意中流露的一举一动，而且你是个训练有素的观察者。你确定那天早上在贝尔卡斯特，他们没有和任何人联系过吗？"

"据我所知没有，我也并没有一直看着他们。"

"他们的行为没有任何异常吗？比如，压抑的兴奋感，紧张的感觉？"

"不敢说有。"

"昨天早餐前，你在卧室里和哪个女人在说话？"

贾斯汀·利克第一次展现出他活跃的一面："女人？我房间里没有女人啊！你的想法究竟是从哪里冒出来的？"

"我们收到了信息，先生。"

"该死的谣言。对了，想起来了，我和送早茶的女佣聊了一会儿，

8点左右，是指那个吗？"

"不是，就在9点之前。"

"太荒谬了，那时候没人在我房间里。"

"没有什么能够证明这一点吗？你没有听收音机，或者磁带什么的？"

"哦，上帝，我完全忘记了。是的，我是有一个收音机，我记得我是在穿衣服的时候打开的。"

"哪个节目？家庭频道还是娱乐频道？"

"要是能记得就好了，我并没有认真听。我觉得是娱乐频道吧。"

奈杰尔暗想：他说的是真的吗？娱乐频道总是在8点55分播天气预报，这不像是弗伦奇－沙利文夫人说的，听起来"相当悲伤或愤怒"的女人的声音。

警司继续问道："那个节目里有没有女人的声音，你一定记得吧？"

"大部分节目都有女人的声音，抱歉，我没注意，我只是个'背景听众'。"

奈杰尔想，这倒是个不错的称呼，正适合这个不引人注目、神出鬼没的家伙。

"谢谢你的帮助，利克先生。下次再见。"

"我们什么时候可以离开这个地方，警司？"

"你打算待多久，先生？"

"哦，再待几天吧。"

"你的事务所能正常运转吗？"

"我有得力的助理和秘书。"

"好的,那就好。当然,在伦敦主干道畅通之前,任何人都无法离开。再见吧。"

警司目送着这个人出了门,然后说:"他们应该让他去负责一辆快餐车。"

"怎么说?"

"因为慌慌张张的人是搞不定那种事情的。"

"关于他卧室里女人的声音,谁说的是实话?"

"我们会搞清楚的。"斯巴克斯警司严肃地说,他转身吩咐道,"迪肯小子,去找个广播时报来,看看昨天早上有什么节目,再查证一下他是否有个收音机……斯特雷奇威先生,我们没有取得任何进展,而且我们也没有时间可以浪费了。"

第七章 小女孩失踪

12月29日

当天上午10点30分,哈德曼警官正从埃加斯韦尔村艰难地爬上山坡,朝斯韦特的农场和走私者小屋走去。他走在拖拉机在雪地上压出的车辙里,不时向天空望上一眼。出于乡下人的本能,他估计雪可能还会继续下。小鸟蜷缩在白雪皑皑的树篱中,羽毛蓬松,郁郁不乐。它们太冷了,以至于警官走过时也没引起丝毫惊慌。山脊横亘在警官头顶的上方,形状颇像一个躺在白色床罩下的女人。

走近农场时,哈德曼警官听到了两声爆炸的响声,接着是一阵疯狂的翅膀拍打声。那是吉姆,他戴着红色羊毛帽子,穿着长筒靴和军大衣，正在向一群饥饿的鸽子射击，这些鸽子把他主人的小卷心菜搞得乱七八糟。

枪声惊动了保罗·坎宁安。他和安妮·斯托特白天轮流值班，从楼上的一扇窗户向外瞭望。因为他们从新闻上得知，警察将会搜查村里所有偏僻的房子。如果警察在晚上过来，他们就计划先由保罗去楼下和警察谈话，而安妮可以趁这段时间去做一些必要的安排。

现在，保罗看见一名警察走进了农场大门，他急忙告诉他的同伴。三十秒后，安妮出现在露西的房间里，给孩子递了一杯橙汁。露西急切地喝了下去，里面滴的药水几乎立即开始生效。安妮剥去昏迷的孩子的衣服，给她穿上睡衣，把她带进埃文的房间，然后把她塞到床上，脖子上还别着一块浸过樟脑油的布，并在孩子睡衣下的胸部也放置了类似的敷料。露西现在满脸通红，呼吸急促。

在拉上窗帘之前，安妮扫视了一下房间，一切似乎都井然有序。不，对病房来说这里太冷了，她应该一直开着电炉。她童年的贫困经历让她养成了从不浪费的习惯。她赶忙打开了电炉的两个开关，内心对自己差点犯下的灾难性错误感到愤怒。在房间暖和起来之前，他们不能让警察进来。

安妮·斯托特意识到，自从埃文失踪后，整个情况都变了。收音机里和报纸上都没有他的消息，这可能意味着可怜的孩子已经泄露了秘密，警察是来询问他的，而不是来寻找露西的。这种困境造成的焦虑降低了安妮的思维效率，她不停地拉开窗帘，直直地看着农舍，却忘了露西房间里的床还没有整理好。

哈德曼警官走进了农场的厨房,向农场的主人打趣道:"早上好,斯韦特先生。又一件糟心事,你最近绑架过孩子吗?"

"那不太可能,伯特,我自己的孩子已经够多了。这事儿确实糟心。"

"天气什么时候才能转好啊?我太太的冻疮让她非常难受。"

"告诉你,还会有很长一段时间呢。"

斯韦特夫人急匆匆地进来,说道:"我好像听到了你的声音,哈德曼先生。怎么了?他又把表格填错了吗?"

斯韦特先生说:"给伯特倒杯茶,老伴。他正在追踪一个失踪的孩子。"

"这里可没有,可怜的小东西。这简直就是彻头彻尾的耻辱。放三块糖吗,哈德曼先生?"

"谢谢。"哈德曼透过他蓬乱的小胡子大声地吸溜着茶,问道,"你家孩子有没有看到任何符合失踪孩子描述的人?"

"如果有的话,我们会告诉你的。"斯韦特太太答道,她的语气变得有点尖刻,"你是想搜查还是怎么着吗?"

"不敢不敢,夫人,我是奉命行事。"

斯韦特先生打圆场:"别生气,老伴,伯特有他的职责。"

哈德曼警官吹了吹胡子,说:"只是走一个排除的过程,随便看看,明白吗?走私者小屋那里的人怎么样啊?"

"他们和我们没多少来往。"斯韦特太太说,"伊夫莱医生,这讨厌的老古板觉得我的孩子配不上她外甥。"

吉姆插话道:"埃文现在很虚弱,今天他又生病卧床了。"

"他们来这儿多久了？"

"两周了。年轻的坎宁安先生先过来的，他是伊夫莱医生的弟弟，他比医生和那个男孩早来几天。他是个相当好说话的绅士。真有意思，他和那个苦瓜脸竟是从同一个蛋里孵出来的。"

头脑单纯的哈德曼警官问道："他们是双胞胎？"

"不是，你知道我的意思。看得出来，他一点也不喜欢他姐姐。"

"啊，遗传有时候很奇怪，斯韦特太太。看看我们的达德利和玛琳，从不觉得他们像兄妹，不是吗？"

"他们关系很差吗，伯特？"农场主人开心地问道。他的妻子看起来很惊讶，伯特·哈德曼则偷偷笑得合不上嘴："还记得我刚加入警队的时候，查理·皮尔斯，就是以前在诺希尔农场工作的那个，他娶了老乡绅的一个女儿，她也很轻浮……"

这件轶事好不容易说完了，伯特·哈德曼不情愿地站了起来，说："谢谢你的茶，夫人。我只是四处看看，然后再步行去走私者小屋那里。"

"你是在浪费时间，哈德曼先生。"斯韦特太太尖刻地说，"亨利爵士是不会把他的小屋租给一帮绑匪的，不是吗？"

"谁知道呢？你现在看看报纸，牛津和剑桥的一些大人物并不比那些家伙强。"

"好吧，随便！"斯韦特太太不无恶意地笑了，"说不定你最后能立功升职呢。"

哈德曼这个人的智商并不高，但是他拥有一种能力，这种能力在他平凡的职业生涯中对他很有帮助，这是一个乡下人对某类人和行为的本能反应。他跟保罗和安妮在一起还不到两分钟,这种本能就告诉他,他们两个在害怕着某种东西,尽管坎宁安先生是个绅士,伊夫莱医生不是他所认为的那种淑女。但另一方面,哈德曼也知道,即使是上流社会的体面人,在执法者面前也会感到紧张,尤其是那些年轻人。

此时在客厅里,他面无表情地面对着他们,什么喝的也没要,拿出了笔记本:"一个叫露西·拉格比的小女孩最近失踪,我正在调查此事,你们可能听说过?"

"哦,是的,新闻上有报道。"

"我只是例行公事,可以说一下你们的姓名和地址吗?"

保罗把自己的姓名和地址报了一下。安妮给的是她在《医学指南》中找到的一个叫伊夫莱的女医生的姓名和地址。

"还有其他人住在这里吗?"

"有的。"保罗说,"还有我们的外甥埃文。我们带他来这里度假,他得了支气管炎。"

"他又病了。"安妮说,"我有点担心会变成胸膜炎。本来打算昨天把他送回伦敦的父母那里,但我觉得现在还是不要让他活动为好。"

哈德曼心想,原来这就是他们所担心的,而不是警察的来访。不管怎么样,他继续往下问:"先生,你是从亨利爵士那里租了这间小屋?"

"是的,他是我在牛津时候的学院院长。我把那封信放在什么地方了,如果……"保罗对着桌子打了个手势,下一刻又为自己如此不必要的主动而深感自责。

"好的，先生，我们只是照章办事。"

保罗·坎宁安在抽屉里找东西时，哈德曼警官瞥了一眼伊夫莱医生，她蜷缩着坐在椅子上，一动不动。这让他想起了他在路上看到的树篱中夹住的鸟，他想道：没错，这是一个看起来有些刻薄的女人。

哈德曼仔细阅读了保罗递给他的信。亨利爵士称呼他为"亲爱的保罗"，这给警官留下了良好的印象。

"那么现在，先生和女士，你们反对我搜查房子吗？"

"完全不反对。"保罗回答，"请便。"

"我想没关系。"安妮勉强说，"不可能有人在我们不知情的情况下，把孩子藏在这里。"

"只是走个过场，医生。"

"那我可以先看看你的身份证件吗？也是走个过场。"

斯韦特太太是对的，这刻薄的老古板，哈德曼一边想一边摸索着自己的证件。他决定，不管怎么样，他要把这房子好好搜查一番，哪怕只为了惹恼这个老女人。

安妮·斯托特领着哈德曼检查了一楼的房间，保罗·坎宁安跟在后面。哈德曼打开碗柜，弯腰往桌子底下看，安妮显然变得越来越不耐烦。

"那里面是什么？"哈德曼指着大厅里位于楼梯后面的一扇门，然后，他咔嗒咔嗒地转动着把手。

"我估计亨利爵士把他的酒存放在那里。"

保罗说得没错，但他没有提到那个大柜子里还有安妮·斯托特的短波发报机。

"请把它打开。"

"对不起,警官,我们没有钥匙。"

"我可不想强行撬开。"

"我想亨利爵士也不希望你这么做。"安妮厉声说道,"我弟弟告诉你了,亨利爵士没有把钥匙留给我们。"

保罗·坎宁安能感觉到,一滴滴汗水顺着脊柱往下流。他在心里问自己,作为一名诚实的住户,此时是否应该表现出一点愤怒,但他还没来得及回答这个问题,警察就又敲了一下门把手,在笔记本上做了个记录,紧跟着安妮的脚步开始往楼上走了。

在安妮和保罗的卧室,哈德曼警官慢慢吞吞地重复了同样烦琐的动作。两个陪同者都沉默不语,他们害怕因为声音里的轻微颤动而露馅。真正的考验随时都有可能到来,哈德曼的磨蹭推迟了考验的到来,真是忍无可忍,他又决定去检查浴室和厕所了。

终于,他走了出来,问道:"那边那个房间怎么样?"

安妮坚定地说:"那是埃文的房间。他卧病在床,睡着了,你没必要……"

"公事就是公事,医生,我接到的指示是……"

"哦,行吧,如果必须查的话你就查吧,但绝对不能叫醒他或以任何方式打扰他,他正处于轻度的镇静状态。"

哈德曼警官踮着脚走进了房间。现在天气很暖和,房间里有一股樟脑油的味道,光线透过窗帘,可以看到一个淡黄色头发的男孩躺在床上，呼吸急促，脸颊潮红，脖子上别着一块布。警官低头看了一会儿这个身影，轻轻地摸了摸他额头上潮湿的头发，小声说了句"可怜的小家伙"，然后便又走到了走廊里。

"漂亮的小家伙，希望他早日康复，医生。"

"他现在烧得厉害，得让他保持安静才行。"

保罗如释重负，却又烦躁不安，他说："这一切有什么意义呢？我记得你说过你找的是一个失踪的女孩。"

安妮突然插嘴："你不记得了吗，保罗？新闻说，绑匪可能试图改变孩子的外貌。"

"确实如此，但是……"

哈德曼说："别担心，先生，这孩子符合斯韦特夫妇描述的你外甥的样子。关键是我必须向上级报告，我已经检查了这附近的每一栋房子。"

"你做得很对，警官。"安妮肯定地说道。

"又慢又固执。"保罗嘀咕了一声。

"后面还有房间吗？"哈德曼问道。

"还有一间杂物间和一间客房。"

"最好也过去瞅一瞅。"

杂物间里堆满了垃圾。哈德曼寻摸了一会儿，然后走进了通常用来监禁露西的客房。

"这算是儿童房吧？我记得亨利爵士的孙子曾经住在这里。景色不怎么样。"警官瞥了一眼窗外，转过身来，"你没告诉我房子里还住着另一个人。"

"没有啊,就我们三个。"安妮说。

"有人一直睡在那张床上。"

安妮·斯托特盯着那没有整理好的床和皱巴巴的被子,说不出话来。保罗突然觉得自己完全掌控了局势。

"怎么,你忘了收拾了,安妮。"他转向警官,"埃文把这里当成了游戏室,我们每天下午都让他在这里躺下来休息的,但是他昨天又生病了。"

哈德曼警官那动物般的直觉再次让他觉得有些不对劲,但又无法指出哪里可疑。他有些不知所措,随手拿起了桌上的一叠书写纸。

"小家伙在写一本书?像是他们爱干的事情。"他读道,"第一章,辛德斯遭绑架。"

"不好意思,我好像听到埃文在叫。"安妮·斯托特从房间里跑了出去。

"这个辛德斯是谁?"哈德曼问道。

保罗冷静地说:"埃文从新闻里听说了绑架事件,开始写一个关于她的故事。不知道他为什么把女主角叫作'辛德斯',这孩子真是没心没肺。"他抑制住想从警察手里抢走那叠纸的冲动,这没必要,也不明智。

哈德曼又把手稿放回了桌子上,没有继续读下去:"好的,先生,非常感谢,抱歉打扰你。我现在必须上路了,如果我能为小家伙做点什么,请告诉我。再见。"

几分钟后,保罗向安妮描述了这一段情形,说:"差一点就露馅了。"在她紧张慌乱时,他为自己仍能保持冷静而感到些许欣喜,这为他在暴风雪中惊慌失措地抛弃埃文扳平了比分。

安妮第一次以尊重的态度对待他,说:"你做得很好。她写的那个故事怎么样?"

"哦,我把它烧了,我都觉得自己够狠心的。这个可怜的孩子还需要我们照顾多久?"

"这取决于彼得罗夫的下一步行动。"

"他真的在采取下一步行动,是吗?"

安妮没有回答。她昨晚一直通过短波发报机与彼得罗夫联系,这是她同伴所知道的全部情况。

"要是我们能确定埃文出了什么事就好了。"她说,"他肯定没有泄密,否则我们现在已经在局子里了。"

"你知道我在想什么吗?埃文确实平安到达了伦敦,彼得罗夫却假装说没有。"

安妮端详着同伴的脸,问:"他为什么要那样做?"

"不知道,也许是为了让我们提心吊胆。他喜欢权力、阴谋和欺骗,我是说,为了他们自己。"

"呵,胡说八道!"安妮反驳道。

保罗问道:"那你信任他吗?"

"我当然信任他。"

"你比我更傻。如果这个计划失败了,你知道他会怎么做吗?他会一走了之，让我们留着那孩子。"

女人的表情变得僵硬，说："我明白了。你是说，我们应该在事情发生之前就跑掉？"

"你可以的，安妮，如果你还有点理智的话。我不能，你也知道，他抓住了我的把柄。当然，我知道你会坚持下去，因为纪律和那些乱七八糟的东西。如果生活中除了事业的胜利，就没有其他什么要紧的事，那种感觉一定不错。"

"还有很多其他的事情都很重要，保罗。你说得好像我们不是人一样，我们只是知道什么最重要，并据此来采取行动。"

她的表情中有一种柔和的、甚至是吸引人的东西，比她平时的冷漠或敌意更让保罗不安。他有些畏缩，那感觉就好像她想主动和他发生性关系似的。他说："你们的主要问题在于，你们的道德观激励去说谎，对我们说谎或者互相说谎，只要你们觉得是有利的。"

安妮说："你认为资本主义的政治家们从不说谎吗？"

"这不是重点。你认为，除了权宜之计以外，是没有真理的，这样的信条意味着你无法相信任何人。不懂信任的人如同身处地狱。你们所有那些沉闷的口号，诸如团结群众之类的，只是在掩盖真相。你们的团结是一个抽象概念，是一张纸，它阻止你与他人进行任何真正的接触。如果你必须总是怀疑他人，为了人类的利益准备不信任或摧毁一个人，你这就是活在地狱里，尽管你并不自知。地狱就是隔离。你崇拜一种目标、一种历史的必然，就像其他人崇拜上帝一样。你如此卑躬屈膝地崇拜它，以至于当你的上帝告诉你，看在我的分上，去死吧,你就大踏步地去了。"

"你应该做一个贵格会的教徒。"她说道,口气并不咄咄逼人,"你和你那资产阶级的浪漫主义,保罗。"

"你又来了。你无法应答时,就会用一些毫无意义的概念来反驳。"

"在我告诉你我的童年之后,你仍然说得好像我没有接触过现实一样。我们是通过行动来认识现实的,而不是坐在那里敬而远之地思考现实,争论现实。"

"但是……"

"你现在自己也属于一个行动小组,你应该知道,我们和其他人之间有着紧密而积极的关系。我们一起参与其中,为创造一个更美好的世界而努力。"

"老天啊!这样孩子们就不会像你一样又冷又饿地去上学,被大一点的孩子打得屁滚尿流。为了这,你就有理由让楼上那个孩子受罪吗?"

"你也在这么做。"

"我是被迫的,你是自愿这么做的,如果一个决定论者配用这样的字眼的话。"

"你本可以拒绝。"

"我应该拒绝的。不用提醒我,是我害怕了,安妮。为什么女人永远不会放弃任何牙尖嘴利的机会呢?"

"亲爱的保罗,你可以偶尔陪陪孩子,以此来减轻你的良心不安。"她又恢复了尖刻的态度,"如果你认为你的存在能减轻她受的罪。"

保罗停了一下，赌气似的说："很好！"然后就冲出了房间。不过，过了一会儿，他又回来了，说："她还在睡觉，呼吸非常急促。我希望你没有给她喝太多的药。"

"当然没有……"

事实上，露西直到下午2点15分才醒过来。她醒来的时候头很疼，还记得那些可怕的梦。她记得那个疯女人给她喝了一杯橙汁，在那之后，除了那些在噩梦中嘲笑她、对她胡言乱语的东西之外，她就什么都不记得了。她沿着无尽的街道跑去寻找她的父亲，这时候她被跟踪了。她找到父亲后，父亲自己也变成了跟踪者中的一员。这遭到背叛的最后的恐怖仍然历历在目，露西把头埋在枕头里哭了起来。她觉得自己再也见不到父亲了，支撑她至今的冒险幻想化为乌有，只剩下了她一个人，独自一个人。

过了一会儿，一个陌生的声音说："你好啊，露西。"电灯打开了，她从床上爬起来，揉揉眼睛，不确定是不是又一个可怕的梦开始了。

"你现在感觉怎么样？"

"我好热。"

"那我们就把电炉关了。"

露西发现自己在房子正面的房间，而不是自己的房间里。一个男人正凝视着她，他头发很长，嘴巴很小。那张嘴巴张开了，说道："亲爱的，你一直在哭。没必要哭哭啼啼。"

"我控制不住。"她痛苦地回答。

"午餐有牧羊人馅饼和桃子罐头，你能尽量吃下去吗？可怜的生病孩子。"

露西试探性地笑了笑,她喜欢这种谈话:"我想应该可以的。我睡了很久吗?"

"有几个小时了。"

"但是早餐后我从不睡觉的,而且我头疼得厉害。"

"太糟糕了,很快就会好的。"

"会吗?你是谁?"

"我叫保罗。"

"你是那个疯女人的看护人吗?"

那人开心地咯咯笑起来,露西注意到他有长长的眼睫毛,他眼睛不看人的时候,就流露出一种奇怪的鬼鬼祟祟的神情。

"安妮阿姨的看护人?嗯,没错,我是的,请不要告诉她。奶牛起来了,饲养员起来要把奶牛看住。"

露西开始笑,尽管她也不知道为什么笑。

"你听上去和她一样疯狂。哦,我脖子上这个臭东西是什么?我胸前还有一个。"

"安妮阿姨以为你得了支气管炎什么的。如果你答应不开窗的话,我们现在就可以拿掉,涂了虫子油后再吹到冷风真的会很危险。"

"别傻了,这是樟脑油,你这个笨蛋。"

"确实是的。答应我?"

"好的,我答应你。"

保罗拆开敷料,扔进房间角落,说:"来,穿上这件毛衣,我去给你拿午饭。"

吃饭的时候，保罗就坐在那里看着她，露西心想：看起来像是个好人，但是，如果他是在帮忙囚禁自己的话，那他就不可能真的是好人。另外，保罗看露西的方式让她隐约感觉有些不舒服。

保罗在想，她可以是一个多么漂亮的男孩啊，五官精致，灰色的眼睛闪闪发亮。

露西问道："我们能把窗帘拉开吗？"

"可以啊。"

她凝视着窗外广袤的雪景，伤感地说："真希望我们能去滑雪橇。"

"也许有一天我们会去的。"

"哦，什么时候，明天吗？在雪还没都融化之前，我们……"露西的声音颤抖起来，她说不下去了，她想起父亲曾答应给她买一架雪橇。

"你不会又要开始哭了吧？"

保罗的语气让露西感到愤怒，但也使她强忍住泪水："总不能指望我在这里还能开心快乐吧？"

"你得到了很好的照顾，不是吗？"保罗说着，眼睛看向了别处。

"但我想回到我父亲和埃琳娜身边，你们为什么要把我留在这里？"

"我希望你不久就能回去，回到他们身边。"

露西目不转睛地盯着他，试图衡量他话语的真实性："这算是你的承诺？"

"是的。"保罗使劲咽了口唾沫,"是我的承诺。"

"今天早上我做了一个可怕的梦,梦见我到处找爸爸,却找不到他。"

"来吧,露西,振作起来,我们要不要下一盘跳棋?"

"我还是想洗个澡,我身上都臭了。"

"好吧。"

他带她进了浴室,打开水。她洗完之后,他在外面等着。他夸张地在她头上嗅了嗅:"你现在闻起来很香,露西。"

他们回到了房子正面的房间里。露西问:"我必须整天被关在那个房间吗?那里太闷了,我看不到窗外的任何东西。"

"我得问问安妮。我不明白为什么不能让你在房子里走走呢,既然埃文已经不在这儿了。对了,你知道假释是什么意思吗?"

"就是给犯人的。"

"是的,你能保证不逃跑吗?反正你也走不远,路上都是厚厚的积雪。以你的名誉担保?"

露西睁大眼睛天真地看了他一眼,说:"我保证,以我的名誉担保!"这种保证对一个男孩可能有用,但露西是女孩,才没空去追求那种所谓的"名誉",而且她也隐约意识到,保罗是监狱围墙上的一个薄弱点,值得利用利用。

保罗说:"好吧,我看看安妮怎么说。"

"你是说,她不是总那么疯狂吗?"

保罗的小嘴噘了起来:"并不总是,得有个人哄哄她。"

他在想，不管绑架目的是否得逞，他们都必须决定如何处置这个孩子，所以最好能让她站在自己这边。他对所有不愉快的事情都避而不想，比如，彼得罗夫可能打算永远堵住露西的嘴。

他抚摸着她短短的头发："别担心，我会照顾你的，露西。"

她不由自主地把头挪开了，她不喜欢陌生人抚摸她。接着，她想起来必须要讨好他，就捏了捏他的手，问道："我能待在这个房间里吗？"

"但是你所有的书和东西都在另一个房间里啊！"

"你不能给我拿点东西玩吗？我在写……"露西突然不说了。

"哦，你的那个故事。非常抱歉，安妮今天早上发现后把它销毁了。"

"销毁了？为什么呢？"她的声音像是一种哀号。

"她偶尔会做一些可笑的事情。没关系，你可以重新开始写。"

"但是她没有权利……"

"我会注意的，防止她抢走。"

露西并没有安下心来："我觉得，她把它撕了，是因为那故事是关于一个女孩被绑架的。我就说她是个卑鄙的人。"

"别对我唠叨，小女孩，女人就喜欢喋喋不休。现在需要我给你拿什么？"

"请帮我把床边的那本兰瑟姆[①]的书拿来吧。"

[①] 亚瑟·兰瑟姆（Arthur Ransome，1884年-1967年），英国著名作家，代表作有《燕子号和亚马逊号》。

"好的,孩子。现在头痛怎么样了?"

"不痛了,谢谢你,朋友。"

到目前为止,一切都很好,露西想。保罗把书拿给了她,然后就离开了。她断定这是一个多愁善感的男人,不过他对她说的话比那个恶心的女人更令人愉快些,他显然并不恶心。露西发现保罗果然没有锁门,但她听到他们在楼下争吵的声音,决定暂不尝试从房子里冲出去。

露西踮着脚尖,沿着过道,走进后面的儿童房,找到了她藏在抽屉衬纸下面的那张书写纸。回到床上,她又读了一遍"第二章 我在哪里",然后,她把折叠好的纸塞进了毛衣里,静下心来思考。

平时肯定有人会到这房子来,比如送牛奶的那个吉姆。只要他们让我待在这个房间里,我就能看到来的人,只是隔着窗户说话也无济于事,他听不到的;如果我大喊大叫,那女人就会听到,然后拿着那该死的皮下注射器冲上来。当然,如果窗户打开的话……

露西在床上站起来试了试。窗户的下半部分完全被卡住了,她可以用力拉下上半部分,但只有几英寸的宽度,而且她也无法让嘴靠近开口处,不然即使小声说话,外面的人也能听得见。如果她只是通过窗子做鬼脸和打手势,外面的人一定会认为她是在戏弄他。

没人会在白金汉郡寻找露西·拉格比,露西心想,在这里他们甚至都没听说过我,所以写一张字条"救命,紧急呼救!我是露西·拉格比,我被绑架了,快叫警察来",然后扔出窗外,别人也只会认为这是小孩子在玩游戏。

露西非常清楚，成年人无法理解你什么时候是认真的，什么时候是开玩笑。然后，她想出了一个主意。她可以在那张纸的背面写："发现这张字条的人，请立刻寄给唐库姆家庭旅馆的英国皇家学会院士，阿尔弗雷德·拉格比教授。奖励五英镑。这是一个科学实验。"

这个想法让她兴奋不已。她拿起铅笔，在纸的背面用大写字母写下了这些话。运气好的话，她可以从窗户顶部的缝隙中扔出一个纸飞镖。露西小心翼翼地把纸条折成了飞镖，但是在扔给那个人之前，纸飞镖藏在哪里才不会被囚禁她的人发现呢？

她想了想，然后轻轻地把纸飞镖塞到对面墙上那个身穿长袍、头戴帽子的男人的照片背面。

现在的问题就是，耐心等待某人出现。计划定好之后，时间变得比以前更加难熬了，除了皑皑白雪，窗外没什么可看的景色，这让露西感觉厌烦。农家庭院里传来"哞哞"的声音。她拿起书，但是兰瑟姆先生笔下那些足智多谋的孩子却无法长久地吸引她的注意力。露西暗想：我打赌他们在现实生活中如果经历我这样的冒险，会看起来很傻，会划船和自己会做饭给他们带来了很多好处。

她看见一道影子在雪地上微微呈现蓝色。她希望看到影子越来越长。

时间，你快一点啊，因为天很快就要黑了，那时别人就看不到我的飞镖了，白纸会卡在窗户下面的白雪里，那我就不得不等到明天。

但来的会是什么人呢？露西突然冒出令人沮丧的想法：假设是农场的人，或者是一个陌生人，怎么知道他会站在自己这一边呢？他们可能是绑匪的同伙。那个农场工人吉姆，如果他不知情，安妮为什么让自己今天一早从窗户向他挥手呢？是今天早上吗？久远得就好像是一周前。

不过，等一下……露西思考着：安妮把自己放在这张床上，让自己向吉姆招手，他之前可能在电话里听说了她身体不好。在他看来，她一定像个男孩子，一个生病的男孩子。那个脸色蜡黄的女巫会告诉吉姆说，她叫埃文，得了某种传染病，麻疹或麻风病，所以安妮就有借口不让他或任何一个农场的人来看望她。因此，吉姆不可能是他们的同伙。

露西沉浸在这精彩的推理之中，差点就没有听到从农场方向传来的越来越响的声音，那是靴子踩在深雪中的嘎吱嘎吱声。

她跳下床，从照片后面拿出纸飞镖，捏出一个皱巴巴的脊，站在了靠近窗户的床上。

是吉姆，他提着一只篮子，篮子里装着一些大大的橙子。露西敲了敲窗户，但又怕敲得太响。她稍微用力了一点，吉姆听见了，他抬起头，挥挥手。露西把手指放在嘴唇上，说了一声"嘘"，他当然听不见。他还没来得及冲她大声打招呼，惊动那两个人从房子里出来，露西就把飞镖从窗户顶部的开口处扔了出去。飞镖划出一道美丽的弧线，恰好落在了他的脚边。

然而乐极生悲，吉姆捡了起来，竟然又直接扔回给了她。吉姆想：和小孩子玩游戏真不错，这对小埃文来说是很好的运动。

飞镖击中了窗玻璃，像一只被射中的小鸟一样，掉落在离小屋一

124

英尺①的雪地上。

露西透过窗户疯狂地打手势,用手指向下方指着,然后假装打开一个纸飞镖,在读它上面的内容。吉姆咧嘴一笑,看起来很困惑。就在这时,露西听到大厅里有脚步声,正在向前门走去,无论如何,她必须阻止他们出去看到飞镖。她尖叫起来:"救命!救命啊!"

脚步声改变了方向,砰砰地从楼梯上传来了。

安妮·斯托特冲进了房间,用手捂住了露西的嘴,把她从窗口拖开了。

"你怎么敢发出这种让人讨厌的声音?你真是个淘气的孩子。"

"对不起。"露西开口说道,"我做了个可怕的梦,我梦见房子着火了。"

安妮走到门口,向楼下喊道:"保罗!请马上上来。"

这时,吉姆开始敲前门。

"保罗,让这孩子保持安静,她说她做了个噩梦。你打开窗户了吗,孩子?"

"我觉得好热,然后我就睡着了,做了一个可怕的梦。"

"闭嘴,保罗,你待在这里,让她离窗户远点。"安妮·斯托特说完,怒气冲冲地下楼了。

她打开门,问门外的吉姆:"你想干什么,发生了什么事?你和埃文说话了吗?"

---

① 1英尺约等于0.3米,下同。

像大多数乡下人一样，吉姆虽然思维迟钝，但也自有其顽固和狡黠。他不想让这个一脸愁苦的阿姨找小家伙的麻烦，也就没有去提纸飞镖的事。他说："什么事都没有，我向小埃文招了招手，然后你就冲我大声喊叫了。"

"埃文病得神志不清，他需要保持安静。"

"很难过听到这个消息。对了，伯特·哈德曼让我把这些橙子拿来给埃文。"

"哈德曼？"

"就是我们村的警察。"

"哦，对，今天早上来的那个人，我想他人很好。"安妮·斯托特怀疑地环顾四周，但是吉姆正好站在她和纸飞镖之间。当她拿着篮子进屋时，他弯下腰捡起纸飞镖，塞进了大衣口袋里，然后就完全忘记了这回事。

露西无法知道她的纸飞镖是否已经被取走，或者是否还躺在那墙脚底下，因为她很快被带进小屋后面的儿童房去了。

第八章　窃听器

12 月 30 日

任何弹性的东西，拉伸得太久，便会失去张力。星期天早上，旅馆里的气氛因人们精神疲惫而显得懒散松弛。埃琳娜·拉格比已在吃早饭，她面无表情，吃得很少，眼睛低垂着，似乎在回避露西坐过的那把椅子。她的丈夫有点心不在焉地看着她，她几乎没有任何回应。他竖起耳朵，等待电话铃声响起。为什么从昨天起就再没电话打过来？没多久已是上午，依然杳无音讯。他们说会给他新的指示，可是他并没有收到任何指示，这愈加刺痛了拉格比的神经，因为他暗地里已经想好再次接到电话时要说些什么。

昨天夜里风停了，一场严重的霜冻把刚开始有些融化的路又变成了冰面。10点50分，上将和妻子到乡村教堂去。两人一脚一滑地走着，像醉汉一样互相搀扶。

会客厅里，兰斯·阿特森正在弹奏吉他，切丽肥胖的小身材不知不觉地随着节奏摆动，颇像一只在睡梦中抽搐的狗狗。贾斯汀·利克在读一本封面耸人听闻的简装书，他手里拿着打开的书，却似乎从来没有翻阅过一页，也可以说是这本书在阅读他，但正如奈杰尔所说，这个人让人无法读透。他在这里玩的是什么把戏，已经毋庸置疑，但是他是否同时也在秘密进行另一场游戏呢？

斯巴克斯警司昨晚给奈杰尔打来了电话，他说："詹姆斯·艾伦比爵士不在家，他突然被叫到斯德哥尔摩去了，但是他们询问了管家。"斯巴克斯的声音里带着一丝苦笑，"你那位切丽——看来她真的就是史密斯小姐。确切地说，是姓弗罗比舍-史密斯，詹姆斯爵士是她的监护人，她的年龄是十六岁零十个月。"

"好吧，那就搞清楚了。你打算再隐瞒一段时间吗？"

"当然，如果她对我们的朋友不利，或者是起相反的作用，那我不得不采取行动，可在那之前不会。"

"纵容不法行为，嗯？"

"正是如此。"

"还是没有露西的消息吗？"

"没有，我们已经搜索了这附近几乎所有可能的区域，我感觉非常沮丧。"

"从伦敦打给拉格比的电话怎么样?"

"是从一个公寓打来的,房客目前在国外,还无法追踪到他,可能是个卧底。希望你能从这条线索突破。"

"告密者吗?我觉得我知道是谁了。"

"你知道?"

"是的。"奈杰尔告诉了他一个名字。

斯巴克斯沉默了很久,最后说:"嗯,这是事件中最出人意料之处。"

挂了电话,奈杰尔和克莱尔一直聊到了半夜。他走进隔壁她的房间,在床上坐了下来。"你看上去比以往任何时候都漂亮,亲爱的克莱尔。"他一边说,一边欣赏着她脸上和肩膀上木兰花一般白皙的皮肤,以及散落在肩膀上那耀眼的乌发。

"做爱吗?"她抬头看着他,"算了,如果想让我为你做点别的,请告诉我。"

"这就是和女巫生活在一起的结果,根本就不能有自己的个人想法。"

"你知道你无法和任何人住在一起的,亲爱的。"她说道,语气里没有占有欲,也没有焦虑,而是带着那种让他如此着迷的、亲切的距离感。

奈杰尔说:"你可以拒绝,我不会怪你,我想交给你的是一份相当糟糕的工作。"

"好吧,你继续说。"

"就像有人给我一把刀,让我把它扎进别人的伤口里,再扭两下。"

"什么事啊？"

"那个人可能并不值得，但也可能很无辜。"

克莱尔的眼睛盯着他那满是焦虑的脸，然后用响亮的声音说道："你是说埃琳娜·拉格比。"

"又是未卜先知。"

"不，只是我们彼此很了解，而且，我还是有点头脑的。"

"还有最漂亮的身材。你把睡衣穿上吧，我得好好想一想这个问题。"

她把手放在他的手里，用手指轻抚着他的手。奈杰尔开始说话，问题是绑匪的合谋是谁，他们得到了在邮局设陷阱的消息，那是怎么做到的？要么是从唐库姆打去的电话，要么是通过贝尔卡斯特的某种联系。那天早上从旅馆打出的唯一一个可疑的电话是弗伦奇－沙利文夫人打的，但是她也已经发了一份电报，除非无法确定收件人是否收到，否则她不会再打电话。如果她的朋友霍林斯夫人参与了绑架阴谋，那她肯定会待在家里，等待任何来自旅馆的消息。

"那天早上，上将和他的妻子都没有离开过旅馆。利克、兰斯和切丽去了贝尔卡斯特，大部分时间他们待在一起，彼此都可以充分证明，除非他们全部都参与了阴谋，不过我并不这么认为。当然，他们中某个人有可能给绑匪发出提醒，而另外两人没有注意到，但是内线肯定认为警察会跟踪任何进入贝尔卡斯特的人，我不相信他会冒险在那里进行任何形式的接触。记住，除了拉格比给他的暗示之外，没有其他途径。拉格比说他会花点心思，他甚至没有暗示他预留在邮局的信息会是假的,但是绑匪没有去看就知道是假的。"

"所以就剩下埃琳娜了?"

"早餐后,埃琳娜从村里的电话亭给一些朋友打了电话。糟糕的是,我们没有及时监控到那些电话。既然如此,她再打一次电话也不足为怪,也没有证据表明她没再打过。但重点是,拉格比把他与警方的具体计划详细告诉了她,除了我以外,她是这里唯一知道这件事细节的人。"

"我明白了。"克莱尔停了一会儿说,"我明白了,但是我并不相信。她爱露西,这一点我很确定。没有什么能诱使她这么干,动机是什么?这简直太不可思议了。我想,当初当局已经对她进行过审查了。"

"他们是审查过,我已经联系了警察局,他们正在准备重新开始仔细审查,但这需要时间,而我们没有时间了。"奈杰尔阴郁地补充道,"可能为时已晚。"

"你一定要相信露西还活着。"

"或许是该结案了。我钦佩埃琳娜,我喜欢她,但我们不知道对方可能会给她施加什么压力……再跟我讲讲,你把这个消息告诉她的时候发生了什么。"

克莱尔告诉了他。

奈杰尔说:"你不觉得她当时表现得有点过吗?你敲了敲她卧室的门就走进去了,在你告诉她任何事情之前,她就认为露西遇到了意外,她看上去心烦意乱。如果她真的如此担心孩子,难道她不该下楼来,问问露西是否回来了,然后再出去找她吗?她的表现却像是,一个女人知道发生了什么,对此感到震惊,无法面对。她试图解释她分心的原因,告诉你她因为派露西去寄信而自责不已。很聪明,不过这也是真的,我毫不怀疑她遭受良心折磨,她并不是一个邪恶的女人。"

克莱尔那双黑黑的、像三色紫罗兰一样有光泽的眼睛睁大了,看着他:"我明白了,这是一个聪明的推论,但你说她并不邪恶。究竟是什么能迫使一个体面的女人为了她憎恶的事业而牺牲她所爱的孩子呢?"

"亲爱的,这正需要你去发现啊!"

"我吗?但是,上帝啊……"

"如果我错了,我丢脸倒没什么,但如果埃琳娜是无辜的,对她来说这又是另一种折磨。我讨厌这种可能性,但是,露西的生命比她继母的感受更重要。"

沉默了很长时间后,克莱尔说:"你想让我做什么?"

那天下午,克莱尔带着她的素描本和炭笔去了拉格比夫妇的房间。埃琳娜在丈夫的劝说下坐到了克莱尔身边。

克莱尔说:"你能让我过来,真是太好了。"

埃琳娜回答道:"我感到很荣幸。阿尔弗雷德说这叫,那个词叫什么来着?疗愈。"她的嘴角苦涩地微微抽动了一下。

按照克莱尔的指示,埃琳娜坐在了靠窗的一张靠背笔直的椅子上,优美而自如地进入了一种放松状态。这种状态掩盖了她紧绷的脸,以及太阳穴一侧由于紧张抽搐而不时扭动的皮肤。克莱尔凝视了一两分钟那高傲的、沧桑的侧脸,感受着那表层之下的骨骼结构,试图在拿起铅笔之前，把脑海中除了它所呈现的形式之外的一切都给清除掉。出于一个艺术家对另一个艺术家作品的本能尊重，埃琳娜在这种审视中保持着沉默。铅笔在纸上第一次大胆地扫动时，埃琳娜问道："亲爱的，你通常用这样的草图来开始创作肖像吗？"

"不，我更喜欢直接用黏土做成模型，但是我没有带。抬起你的下巴，一点点就行了，就是这样……你肯定为你自己国家的许多画家做过模特吧。"

"哦，是的，在我年轻的时候。我那时很漂亮，我丈夫，我的第一任丈夫经常画我。"

"你的脸是那种随着年龄增长越来越美的类型。跟我说说他吧。"

"哦，他个性狂野，但才华横溢，也非常勇敢。作为一名艺术家，他对那政权感到很恼火。"

"我理解。"

"他说话是如此轻率，我一直担心会传到那些官员的耳朵里。当然，他还很年轻，比我小五岁。他们最终把他杀了，他就死在我的怀里，死在一个被包围的房子里。他气得要死，可怜的人，你知道在快死的时候他说什么吗？'偏偏在我学画的时候，所有那些画，我再也画不了了。'我从未想过我活着，却很羡慕他死了。"

哦，上帝啊！克莱尔想，我画不下去了，该死的犹大，该死的奈杰尔。她撕下那张纸，把它揉成一团，扔在了地板上，然后又重新开始画。

"你想念舞台吗？"过了片刻，她问道。

埃琳娜耸了耸肩："那都是过去的事了。"

"驾着你的马车和犁耙，碾过死人的枯骨。"

"我不知道这句话。"

"威廉·布莱克[①]的，《地狱谚语》里的一句。"

"地狱谚语？那我应该很熟悉，我想我就是在地狱中遭受厄运的人，这就像是一种病，你们管这种人叫作扫把星，对吗？"

"你不应该有那种感觉，你也给很多人带来了快乐、理解和爱呀。"

"谢谢你，亲爱的。"一滴眼泪顺着埃琳娜的脸颊滑落了下来，她接下来的话似乎像鲜血一般无法控制地喷涌而出，"但是并没有带给我的孩子。我很乐意放弃这一切，鲜花、掌声，只求做一个好母亲。他们说，我再也不能当妈妈了。"

"你在想你失去的孩子吗？"克莱尔温和地问道。

埃琳娜的头猛地转了过来，眼睛黯然无光，看起来就像美丽的梦想正从里面消亡。"我的孩子？哦，是的，伤心往事，已经成为过去……不，我在想可怜的小露西，我也把她辜负了。"

她脸上显露出极其痛苦的神色，克莱尔不得不把自己的眼睛移开。

"必须做出选择。"埃琳娜喃喃自语，"我做错了吗？我控制不了自己啊，就像被癌症侵蚀着……对不起，我也不知道我在说什么。你从未有过孩子吗，克莱尔？"

[①] 威廉·布莱克(William Blake, 1757年-1827年)，英国第一位重要的浪漫主义诗人，主要诗作有诗集《纯真之歌》《经验之歌》等。

"没有。"

"你是一个有创造力的艺术家。你在创造东西,而我只是传递它们,阐释它们。你双手创造的作品就是你的孩子,没有人能从你手中将它们夺走。"

克莱尔沉默了。她觉得自己和埃琳娜原本已经处在了揭示某些真相的边缘,结果却越走越远了。

"很奇怪。"埃琳娜继续说道,"我们身体里的孩子竟然有如此巨大的力量。你的作品是你用头脑和双手创造的孩子,你为了创作它们遭受了同样多的痛苦,付出了很多努力,然而你却并不介意它会发生什么,不是吗?你对它漠不关心,就好像它是陌生人的孩子似的。"

"嗯,从某种程度上说是这样的。"

"没有人能从你手中将它们夺走,因为它们从来都不属于你。"

"从某种意义上说,这也是事实。"

埃琳娜紧紧盯着克莱尔的眼睛:"但是,如果你看到一个人举起锤子,要把你的作品打成碎片,你会怎么做?恳求他放过它?"

"我会先用我的木槌打他。"

埃琳娜沉重地叹了口气,双方沉默了几分钟。克莱尔继续作画,无奈地推迟了她答应奈杰尔完成任务的时间。她越来越意识到自己对这任务的抗拒已经损害了她作为艺术家的技能。最后,倒是埃琳娜帮克莱尔拿定了主意。

"哦,见鬼去吧!"克莱尔把画纸从画架上撕下来,还没来得及扔掉,埃琳娜说道:"我可以看看吗?"

"可以，如果你想看的话。画得不好。"

埃琳娜仔细打量着那幅画，说："不，画得很有趣、很聪明，但是你今天可能状态不好。也许你的心思不在这上面，这是为什么？"

现在麻烦来了，克莱尔发现自己既无法单刀直入，也很难做到模棱两可，她必须亮明自己的意图了："埃琳娜，我必须告诉你，我来这里有点别的企图。奈杰尔认为你参与了露西绑架案。"

埃琳娜盯着她看，不敢相信地摇了摇头，然后她站起来，走到克莱尔的身边，表现出非常愤怒的样子："我没有，简直不可理喻！你疯了吗？"

"我希望奈杰尔是错的，我相信他一定是搞错了。"克莱尔如实地说。

"他派你来监视我吗？"埃琳娜睁大了眼睛。

克莱尔沮丧地说："这不是监视的问题。我跟你说实话吧，有人告诉了绑匪你丈夫要在邮局诱捕他们的计划，只有你、奈杰尔和警察知道这个计划。"

"为什么斯特雷奇威先生不过来和我当面对质？"埃琳娜惊呼道。

"他认为，和我而不是和他或警司说话，你也许能更加坦诚。"

"更坦诚地说话？说什么？"

克莱尔凝视着窗外白雪覆盖的树木："嗯，比如说，这里有没有人对你施加压力，逼你告诉他你丈夫对付绑匪的计划……"

"当然没有，如果有人那样做的话，我会直接去找警察。"埃琳娜的目光有些走神，"不过这太疯狂了，为什么、为什么我要帮助那些带走可怜的小露西的人？我爱她，你看不出来吗？"

"看出来了，埃琳娜。"

"即使我不爱她，我也爱阿尔弗雷德啊，我怎么能让他去承受这种悲伤呢？"

克莱尔从窗口转过身来，直面这最困难的时刻，她说："我敢肯定是有一些原因的，但是奈杰尔很担心，他认为你一定知道露西被绑架了。在露西刚遭绑架后，我来找过你，在我真正告诉你之前，你表现得过于紧张，而当时露西失踪的时间并不长，你甚至都还没有下楼去询问她的情况，所以你看……"

"是的，是的，是的，但我不可能每个细节都做得完美，这是典型的警察逻辑。难道他们不明白一个女人、一个母亲，可能对孩子有预感吗？天哪，你是女人，你想象不出那样的心态吗？我觉得有可怕的事情发生了，但是我的理智告诉我不能做一个傻瓜，不要像某些占有欲很强的母亲那样到处去寻找露西，仅仅就因为她迟到了一会儿。"

埃琳娜流露出极度的愤怒和悲伤，克莱尔确信，这不是一种表演，世界上没有哪一个女演员能模仿出埃琳娜那种四分五裂一般的内心激烈冲突。克莱尔发誓，再也不会为奈杰尔做这种龌龊的事情了。

房间里一片寂静，疲惫的情绪在翻腾着，就像碎布在铁丝网上摆动。克莱尔正要离开，外面的草坪上传来了争吵声。她再次走到窗前，与蜷缩在椅子上的埃琳娜擦肩而过。

在楼下，奈杰尔听到了声音，急忙跑了出去。他绕过房子，看到兰斯·阿特森正在把一只雪球塞到贾斯汀·利克的脖子里。

"住手，你这个王八蛋！"贾斯汀大喊大叫，"烦死我了，你怎么不找个地方去死啊！你这木鱼脑袋，不知道切丽不玩了吗？"

"完全正确，我不玩了。"女孩说着从车道边缘的灌木丛后出来，"我们砸死这个臭东西吧！"

她和阿特森开始靠近，向倒霉的贾斯汀投掷雪球。贾斯汀起初注意到奈杰尔在看着他，便试图假装这只是一场嬉戏，把雪球扔了回去，但很快他便开始咒骂折磨他的人。他试图从他们身边跑进房子，但兰斯绊倒了他，还把靴子踏了上去。贾斯汀·利克在兰斯的脚下扭动着，兰斯把他拖拽过来，用大拇指戳他的眼部。利克挣扎着站起来，切丽又扑向了他，开始撕扯他的头发，用指甲顺着他的脸颊往下抠。

"为什么不阻止他们，斯特雷奇威先生？"上将的妻子透过客厅的窗户喊道，"这是我见过的最不光彩的场面。"

"别担心。"奈杰尔回答道，"他们不是专业选手，不会给对方造成严重伤害。"说着，他转身走向房子，突然，兰斯的一句话像牛虻一样刺痛了他。他没有敲门，径直冲进了拉格比夫妇的房间。他在房间里摸来摸去，屋里的克莱尔和埃琳娜惊讶得说不出话来，盯着他看。他开始仔细检查固定在双人床床头的电灯器具、顶灯和电炉的护墙板插头。

"你到底在干什么，奈杰尔？"克莱尔说。

埃琳娜的声音颤抖着，极其愤怒又非常不解："我觉得这个人真的是疯了。"

"不好意思，希望你不要介意。"奈杰尔嘟囔着拽开了衣柜门，把埃琳娜的衣服全推到了一边，检查了一下衣服后面。然后，让克莱尔更加惊愕的是，他手脚并用爬到梳妆台下面，向上看了看，然后抓住床并抬了起来，盯着下面查看，又放了下来。最后，他把一个抽屉柜从墙边拉开，再次跪了下来，嘴里发出心满意足的声音。

"让这件事成为我的一个教训吧，拉格比夫人，我应该向你非常谦卑地道歉。"

"你确实应该，以这种不寻常的方式闯入我的房间，请你解释一下好吗？"

"你被窃听了。"

"窃听？你在说什么？"

"你看，这边护墙板上有个钻孔，看到了吗？还有一些木屑，是个不太利索的人干的，他应该打扫干净。麦克风藏在抽屉柜后面就看不见了，电线从这个洞穿过，然后进入……隔壁房间是谁的？"

"利克先生的。"埃琳娜说。

"不守规矩的男人。所以，那天早上弗伦奇－沙利文太太在他卧室里听到的，是你的声音。"

"我的？但是我从来没有……哪天早晨？"

"上周五。绑匪与你丈夫取得联系后，他对你说了自己打算如何处理绑匪的要求，你很不安，表示了反对，而这时，利克在他的房间里偷听。三个小时后，在贝尔卡斯特，他一定向绑匪通风报信了。在那以后，他再也不敢把窃听器留在原位了。"

埃琳娜·拉格比美丽的眼睛因宽慰和激动而闪闪发亮："感谢上

139

帝让真相大白。你现在就要逮捕他吗？"

"不，还不行，我们承担不起后果。"

"但他一定知道露西在哪里。"

"我对此表示怀疑。就算他知道，他也不会告诉我们。"

"但是警方可以设法从他身上弄到。"

"他们不允许折磨囚犯。如果斯巴克斯警司在利克的房间里找到了这个装置，那会有帮助，但利克有足够的判断力，应该已经把这玩意拆掉了。不，我们还不能对任何人说，如果利克意识到我们知道这个窃听器，他就不会再联系绑匪了，但那恰好是我们希望他做的事——他是我们找到绑匪的唯一线索。从现在开始，要比以前更加密切地盯着他。"

"我刚想到一件事，奈杰尔。"克莱尔说，"所有从旅馆和唐库姆打进打出的电话都被监听了，对吧？"

"是的。"

"我们每个人离开旅馆都会遭到警方跟踪？"

"没错。"

"我在想，利克先生怎么能把消息传达给绑匪……假如有一名记者是假的……"

"不错的想法，但是斯巴克斯警司已经非常仔细地检查了每个人的证件，也和他们工作的媒体确认过了。我现在必须给他打个电话。"在门口，奈杰尔转过身来，"拉格比太太，关于此事，你一个字也不要说，能向我保证吗？"

"但是我应该能告诉我丈夫吧?"

"我觉得你最好不要说。"

"那好吧。"

"如果你和贾斯汀·利克说话,要表现得很自然,别让他怀疑。"

"我明白,我向你保证。"埃琳娜迷人地笑了,"我已成为训练有素的戴面具的演员了。"

"就是苏格兰人所谓的'假面'。"克莱尔插嘴说,"我相信现在可以更好地表现你的真实面貌了,埃琳娜。能不能再坐下来?"

奈杰尔和警司通了电话,斯巴克斯警司向待在旅馆里的便衣警察传达了命令,让他去搜查贾斯汀·利克的房间。搜查必须在今天晚餐时完成,奈杰尔确信,在那个时间搜查,不会受到其他干扰。

奈杰尔走进客厅时,发现有三位客人在那里。他问切丽:"雪仗打完了吗?"她正弓着腰坐在火炉旁,烤着冻僵的双手。

"受害者怎么样了?"

"哦,我想还好吧。他和兰斯互相打闹了一番,正在楼上休息呢。"

"令人厌恶,成年人在星期天竟然吵闹成那样。"上将的妻子说。

"嗯,星期天这里似乎没有别的事可做。"

上将从他的东方哲学书中抬起头来,说:"你没有把非暴力主义学说推向极端吧,切丽?"

"嗯,我不会真的伤害利克,真的不会。"

"如果你在枕头上发现了一只蝎子,你会杀死它吗?"奈杰尔问。

"哦,不!我会逃走。"

"但你不能逃离利克先生。"上将的妻子说,"你们三个看起来像是一丘之貉。"

"很奇怪的比喻。"她丈夫像是在梦呓,"我一直都认为,犯罪集团的成员彼此间是一点也不信任的。"

切丽抗议道:"嘿,我可不是犯罪集团的一员!"

"不,不,亲爱的,当然不是,你误会我了。我是想说,如果你像这些家伙一样把所有的生命都视为神圣的话……"上将指着自己的书。

切丽打断了他:"神圣?为什么应该是神圣的?我认为生命就是一种讨厌的拖累,我讨厌它。它到底是干什么用的?"她的声音提高了,"你出生了,经历了,然后你就死了。你吃饭,你拉屎,多么搞笑啊!都是浪费。"

"我敬重你的生命为至高无上的存在。你的后人,生了,死了,你直接消亡。"奈杰尔引用道,"你会运用到露西的身上吗?"

"什么意思?"

"你是说如果绑匪杀了她,那对她来说是最好的?"

"你知道我不是那个意思,她是个天使般的孩子。"

"这就是重点,切丽。"上将说,"一个人可能看不到自己活着的理由,但是他能感知露西活着的价值,而且一刻也不会怀疑这种价值。"

"是的,但是她自己能感知到吗?关于她自己,她能感知到吗?"切丽的声音在颤抖。

弗伦奇-沙利文夫人插话了,她语气酸涩,似乎必须破坏所有她无法理解的情绪："孩子，你的问题是，没有进行足够的锻炼，这让你有点病态。"

切丽瞥了她一眼："一直以来，我受到的教育是不要妄发个人评论。"

"弗伦奇-沙利文夫人是对的。"奈杰尔说，"现在和我一起去散步吧。"

三分钟后，他们沿着车道走着。在大门口，奈杰尔向右转，上了山，大声道："你会更喜欢这条路的。"

"是吗，为什么呢？我才不管我们走哪条路呢。"

"你可能会遇到村里的某个记者，会被认出来的。"

切丽猛地停下来，开始用及膝的黑色靴子铲起地上的雪。她瞥了他一眼，然后把头转了过去："我才不在乎……"

"不，你在乎。别傻了，看在上帝的分上，继续往前走吧，否则我们俩会被冻死的。你不想让你的监护人知道你已经和阿特森私奔了，也不想让他知道你住在哪里。"

切丽缓慢地在他身边走着，沉默不语。

"詹姆斯爵士听说了你和阿特森的事，他知道那家伙看中了你的钱。我猜你21岁的时候能继承财产，目前你可以通过监护人拿一些津贴。监护人可以实施制裁，但他真正担心的是，你是否已经嫁给了阿特森。到目前为止我说得都对吧？"

"算是吧。"她生气地回答。

"爵士不想搞出什么公众丑闻，所以他雇人找到你，想把你和那可恶的阿特森分开。而我感兴趣的是……哦,看啊,有一只野兔,看到了吗?"

奈杰尔指了指他们左边一个白雪覆盖的小山包,从那上面伸出来一对长耳朵。他们站着看了一会儿,切丽戴着毛皮手套的手悄悄伸进了他的手里:"我以前从未见过野兔,除了挂在肉店里的,好可爱啊!那么,你打算拿我们俩怎么办呢?"

"如果你真的想把自己和阿特森这样卑鄙的家伙绑在一起,那是你的事。我感兴趣的人是贾斯汀·利克,他想干什么?"

"你可以去问他。"

"我在问你。如果你不坦白说清楚他的事,我今晚就和你的监护人联系。利克一直想敲诈你,是不是?"

切丽抬头看着他,她那张发白的脸上露出了狡黠的微笑:"无可奉告。"

奈杰尔抓住她胖胖的肩膀不停摇晃,直到她觉得牙齿快要从牙缝里蹦出来了。"快说!"他最后放开了她,"利克在敲诈你,从这往下说。"

"我喜欢你这样。"她恬不知耻地对他咧嘴一笑,"是的,他让我每月付钱给他,直到我拿到财产,然后再分给他一大笔。他要我写一份我和兰斯关系的声明,如果我在付钱时欺骗了他,他就会拿给我的监护人看。"

"但是你拒绝写声明?"

"我当然拒绝了。"

"你不怕利克会向你的监护人泄露秘密?"

"我为什么要在乎？詹姆斯不可能对我做任何事情。"

"但他会让你和兰斯一刀两断。"

"哦，我不介意。"切丽的声音是最淡定、最孩子气的，"你知道，我刚刚得到兰斯、他第一次和我在一起的时候，我非常开心，但现在我已经不喜欢他了。我承认他在床上表现不错，但我对他的炫耀行为感到厌烦，他是个十足的骗子。"

奈杰尔低头看着自己身边的女孩，她很像一条肥肥的、毛茸茸的狗狗："如果利克先生发现你对他那些恶毒的建议无动于衷，一定会感到非常失望。"

切丽咯咯地笑了："真正有趣的是，他感到很震惊。当利克发现，我并不在乎他跟我的监护人说什么，他简直惊呆了！这个老顽固已经落伍了。我对他说'我们这代人都很随便的'，当然，其实并不完全是这样，不过听到我说的话，他那个表情啊！我还说：'你以为丑闻之类的玩意儿会毁了一位女士一辈子的名誉，这太过时了，你应该呆在方舟里，可怜的利克，你的思想就像你的衣服一样搞笑。'"

奈杰尔打断了女孩愉快的闲聊："他什么时候跟你谈的？他一开始就含沙射影，是不是？"

"哦，是的。我觉得他是想说服我们，吓唬我，给我施加压力。我的意思是，他有这个意图，就在露西被绑架的那天早上。"

"你能告诉我这件事的真相吗？除了让你签署一份声明并付钱给他之外，他当时有没有逼迫你做其他事情？"

"哦，没有。"

"也没有暗示你能为他做什么事情？如果你帮我，就不用考虑钱的事，他有没有说诸如此类的话？"

"老实说，并没有。"

奈杰尔皱起眉头沉思，这种女孩的证据有多大的可信度呢？"我们最好往回走吧。"他唐突地说。

"好的。你不相信我吗？"

"我希望能相信你，不然这会把事情复杂化。"

切丽脱下手套，把一只赤裸的手伸进了奈杰尔的大衣口袋，用手指缠绕着他的手。

"你现在是想勾引我吗？"他问道。

"我想是的。"

"噢，别这样。告诉我，切丽，如果你觉得利克很无聊，他又毫无希望能敲诈到你，那你们为什么还要整天和他腻在一起——你和阿特森？"

女孩的手指在他的手里变得僵硬了，她试图把手抽回，但被他紧紧握住了。

"我可不清楚。"她最后低着头说。

"那么，我可以问问阿特森吗？"

"哦，不行！这样，我想不妨告诉你吧。利克发现没法从我这里得到钱时，他便开始敲兰斯的竹杠。他有证据证明兰斯在兜售'茶叶'——你知道，就是大麻，还有可卡因。老实说，海洛因有没有我不清楚。"

"利克的想法是,虽然你不在乎自己的声誉,但你或许会保护阿特森?真是老奸巨猾。"

"是的。"

"但他也没有成功,因为你已经不喜欢阿特森了?"

切丽看起来不太自在,她肥胖的小身体在扭动着。"嗯,没那么简单。其实我们一直在欺骗他,但是……唉,你永远不会明白的。"

"你已经意识到阿特森是个虚伪的人,但你还是不想看到他因为毒品交易而被起诉?"

切丽默默点头,表示同意。

"这是不是有点不正常啊?你愿意为他付出代价,因为这会让你心安一些?"

"我想是的。我知道他是个混蛋,只是骨子里有点可怜他。"

"哦,天哪。"奈杰尔喃喃自语,"什么时候才能学会吸取教训?"

他们走近车道大门时,他突然开始唱起了一首凄美歌曲的副歌,把切丽吓了一跳。

第九章　咖啡馆受困

12月30日—1月1日

星期一早上,拉格比教授7点刚过就醒来了。房间里一片漆黑,他的目光不由自主地转向露西卧室的门,仿佛她从噩梦中在向他呼喊。他苦笑着意识到,在过去的两个晚上,尽管发生了种种事情,但他还是几乎睡足了与平时同样的时间。他在脑子里回顾一道数学题,就像钢琴家会弹奏音阶来活动手指一样,然后他开始思考那个更严峻的问题。

绑匪两天前告知他会收到指示,可为什么还没有收到呢?也许是他们害怕再次打电话,但可能性更大的似乎是,他们已经不再要求他保守秘密；但他们不会那样做，除非他们失去了讨价还价的筹码——除非露西已经死了。

拉格比的心开始疼痛，还饱受一颗脓肿的牙齿的折磨。万一他们威胁要伤害露西，甚至要杀死她怎么办？他记得有一次自己给露西做过一个浮夸的演讲，有关如何面对现实，他自己现在就需要好好领悟。他痛苦地意识到，科学研究和工作纪律经常使他无法留在露西的身边，经常阻碍他给予孩子应有的父爱。这种感觉就像是面对亲人去世，徒留一片无用的遗憾。

工作肯定是他一生中最为重要的事情，了解这一点并没有给他带来太多慰藉，这不是忽视生活的借口，必须要面对现实。

埃琳娜在他身边动了动。他必须要有所行动，来帮助她战胜这可怕的折磨，她在过去经受了比他所遭遇的更为痛苦的事情，现在也没有工作可以分散注意力。睡梦中，她的手伸出来抓住了他的手。他回忆起第一次见到埃琳娜时的情景，她与前妻高度相似的长相让他怦然心动。现在他能为她做什么？昨天晚上她似乎开心了一些，但后来她又陷入了难以克服的痛苦之中。他们如今的交流仅限于身体。

鉴于目前的处境，拉格比的无助感在日益加剧。因大雪困在家庭旅馆里，除了吃饭、与一群怪异的客人交谈，以及穿行在幽深的小巷之外，他几乎无事可做。他们正生活在地狱边缘的一片混沌里……

早上 7 点，吉姆的妻子把一包三明治放进丈夫的大衣口袋里。她放进去的时候，手触碰到了一团皱巴巴的纸，就抽了出来。

"这是什么，吉姆，有人给你写情书吗？"

"不知道。哦，走私者小屋里的孩子扔给我的，从窗户扔出来的，纸飞镖，知道吗？"

"上面有字——第二章，我在哪里？"

"好像埃文在写一个故事。"

"纸飞镖，纸飞镖！给我！"他们的小儿子厄尼喊道。

吉姆把纸飞镖按照表面的折痕折叠好，扔向厄尼，厄尼又把它扔了回来。飞镖击中了他的姐姐苏，她正要走进厨房。

"别玩了。"吉姆的妻子说，"爸爸该去农场了。亲一下爸爸，你们两个。"

飞镖落在了地板上，两个孩子正在喝粥。透过窗户，他们可以看到街道上又飘起了雪花，他们的父亲穿着军大衣，戴着红色针织帽，踏着沉重的脚步去上班了……

贾斯汀·利克在床上翻了个身，皱着眉头看着兰斯·阿特森弄出的瘀伤。他看了看手表，又打开收音机收听地区天气预报。还是没有希望，天气并没有好转。贝尔卡斯特和朗波特之间通往伦敦的路段已经被扫雪车清理出来，往西边远点的地方仍然有雪堆堵住道路。鉴于最近的事态发展，他在考虑是否还值得留在这里，不过除了警察的监视之外，实际上也根本不可能离开山谷。贾斯汀·利克这个土生土长的城市居民，忍不住诅咒起大自然的粗野与叛逆，还有那该死的小婊子，切丽。然后，他的思想就像一只蜘蛛在网上飞奔，开始转向另一计划……

奈杰尔·斯特雷奇威坐在床上思考。昨晚在利克的房间里没有发现任何可疑证据，当然他也不会把证据留在那里让警察去发现。奈杰尔沉思片刻，他昨晚去了后面的小屋，那里是旅馆老板放工具的地方。奈杰尔的注意力转向兰斯·阿特森，也许应该更多地关注一下这个荒唐又招人讨厌的家伙，一个贩卖毒品的人很容易会成为对方的猎取目标。那天早上，阿特森很有可能在贝尔卡斯特向他们提供了线报，但他是如何得到这些信息的呢？一根从拉格比的房间铺设到利克房间的电线，可能从通道地毯下面延伸到门外，接入阿特森的房间，但是利克肯定会看到。如果通过窃听器听到的不是埃琳娜的声音，那天早上，上将的妻子从利克的房间听到的是谁的声音？如果像利克声称的那样，他打开了收音机，如果电线通到了阿特森的房间，那切丽一定知道有一个扬声器在那里响着，并且为了保护她的爱人而隐藏了这些信息……

9点钟，在走私者小屋后面的儿童房里，露西正在吃早餐。她不太确定今天是星期几，但她觉得是星期一。保罗昨天和她待了一段时间，聊天和下跳棋，对于一个成年人来说，这是一种很容易让人发脾气的游戏。那天剩下的时间里，她一直是一个人待着，继续写辛德斯的故事似乎没有多大意义，当前沉闷的状况完全抑制了她丰富的想象力，虚构不出什么辛德斯的冒险故事。至于昨天扔出的纸飞镖能否到达目的地，露西几乎不抱什么希望了。

如果无法得到营救，那就必须尽快逃跑，露西昨天为此考虑了很久。她是个聪明的孩子，知道必须找一双靴子和夹克外套，或者大衣，可以穿在她身上男孩衣服的外面，否则她会在雪地中被冻死。农场离小屋只有几百米远，但是主人很可能和抓她的人是一伙的，她不会冒险去那里寻求帮助，这意味着她必须静悄悄地走出小屋，在黑暗中匆匆穿过农场。如果成功逃出去，最近的村庄可能就在几英里开外。

然而，昨天晚饭后，露西的问题解决了。保罗拿走她的托盘时，她没有听到钥匙在外面门锁里转动的声音。她蹑手蹑脚地走到门口，打开门，站在楼梯口听着，现在是侦察一楼情况、找到溜出去的办法的好机会。她准备好要逃跑，她想自己甚至可能在楼下找到外套和长筒靴，但是，她刚要开始行动，就听到了那个女人安妮的声音："他正在赶来。"保罗的声音回答："见鬼，他想怎么过来？飞过来？"

露西溜回了房间。这是最美妙的时刻，露西毫不怀疑，是她爸爸要来救她了！也许他们会让他付赎金，露西希望他能够负担得起，不过他终于来了。她脱下衣服，上了床，很快就睡着了，脸上还带着微笑。

今天早上，她兴奋得几乎连早餐也没吃。外面的雪一如既往的厚，爸爸会来接她，她会有几个小时，甚至几天的时间可以一直去滑雪橇……

半英里之外，吉姆的妻子离开了埃加斯韦尔的小屋去购物，并严格告诫孩子们不要靠近煤油炉。不一会儿，厄尼拿起纸飞镖，让姐姐给他读上面写的东西。姐姐把纸抚平，读了出来，然后碰巧翻过来，发现背面也写了字。

"嘿，厄尼，上面说要把这个寄给 FRS（皇家学会院士）拉格比教授。"

"FRS 是什么？"

"不知道，上面有地址和其他信息，说寄到唐库姆去。"

"那又怎样，跟咱们又有啥关系？"

"上面说这是一个科学实验。"

"哇，是像那种太空实验？"

"还说会有奖励的，五英镑。"

"好呀！"

"那我们去吧。"

"是愚人节把戏吧，苏。"

"别傻了，现在是十二月。"

"妈妈说我们不能出去的。"

"五英镑,厄尼,想想吧,你可以买在朗波特看到的那把冲锋枪啦。"

"还有好多包泡泡糖。那去吧，可以拿一张妈妈的邮票，我猜你不敢。"

苏打开抽屉，拿了一个信封，把纸飞镖上面的地址抄上去，然后她把纸飞镖折起来，装在信封里。

厄尼用害怕的语气说："天哪！你拿妈妈的邮票，她可不会轻饶你的。"

"才不管呢，我会溜出去寄了，要不是钱……"

邮递员直到星期一上午 10 点 50 分才到达家庭旅馆。拉格比曾设想过这样一种可能性,神秘人知道警察会截获电话,可能会通过邮件联系他,在信封上写一个名字,可以让他联想到自己,又不会引起警察的怀疑。这时,他走过大厅的桌子,看到了一个信封,上面写着他以前所在机构的同事名字,但是那人已经去世了。拉格比确定旁边没人的时候,便把信打开了。信上告知他,今晚前往贝尔卡斯特-朗波特路上的贝尔维尤咖啡馆,等待指示,还给了他一张地图作为参考。他并不需要地图,因为他知道那个地方,那是招待卡车司机的路边咖啡馆,距离山谷一条陡峭的上坡路有几百米远。那条路与伦敦的高速公路相连接。这封信告诉他,这是最后的机会,也是露西最后的机会。

拉格比走进客厅,把皱巴巴的薄纸扔进火炉,弗伦奇-沙利文夫人好奇地盯着他。一阵风将木柴燃烧的香味吹进房间。外面下着雪,雪不算大,但是一直不间断地飘着,雪花在草坪外的树木上飞舞颤动。

上将的妻子用微弱的声音问道:"没什么消息吧?"

"应该没有。"拉格比简短地回答。毫无疑问,这个女人是想表示同情,但他无法忍受被当作病人一般对待。

"不要失去信心。"她坚持说。

"不会的,夫人。"

"拉格比太太今天怎么样?"

"她晚上偏头痛突然有点严重,我让她卧床休息。"

"我有一些止痛药,如果……"

"不用。我要去贝尔卡斯特,专门开个处方,以防偏头痛再复发。"

阿尔弗雷德·拉格比走了，弗伦奇－沙利文夫人气呼呼地目送他走远，忍不住当着所有人的面大声说："他可能是个伟大的科学家，相信我们大家都很同情他，但这个人太粗鲁了。"

走进小写字间，拉格比清晰果断地写下了一些情况。一旦事情出了差错，他希望这些事能够为人所知。他在信封上写上了他工作机构负责人的名字，然后把所写的东西装在信封里寄给了律师，同时附上一张便条，说明如果他死亡或失踪了，请将文件转交。

他稍坐了一会儿，现在看到了行动的希望，头脑又以惯常的速度清醒地运转，他甚至有点兴高采烈。

贝尔维尤咖啡馆距离唐库姆只有两英里路程，他必须要甩掉警察，开车也会有被认出来的风险，所以他最好还是步行去。上将的妻子无疑会告诉其他人，他要去贝尔卡斯特为妻子购买治偏头痛的药。如果警察先朝那个方向搜查，找不着他，他就能赢得一些时间。但是拉格比并不知道自己有多大的活动余地，他能得到允许独自开车或步行离开唐库姆吗？

"我厌倦了整天坐在这里。"他找到奈杰尔时说，"凭什么不让我开车去贝尔卡斯特？我想给埃琳娜开个药方。"

"打电话给斯巴克斯吧，他今天下午来的时候可以带过来，抱歉。"

于是，拉格比没有继续争辩这个问题。他明白，当局不能冒险失去他，在这里，他会受到保护，但一个人独自驾车出发，在通往贝尔卡斯特的路上，任何事情都有可能发生。

拉格比意识到，奈杰尔那双淡蓝色的眼睛死死地盯着他。

奈杰尔说："有意思的是，你还是没有收到他们的消息。我本以为他们放弃了打电话，那么就会给你写信。"

"也许他们会亲自来拜访我。"

"你没有收到他们的信吗？"

"没有。"教授阴沉地回答，"如果我收到的话，警察也会先打开看的。"

他去了卧室。埃琳娜没有化妆，满头白发，面容憔悴，看起来就像个老妇人。

"还没有消息吗？"她问道。

"什么都没有。"

她无精打采地走进了露西的房间，从梳妆台上拿起洋娃娃，又放了下来。拉格比走了进去，用双臂抱住她。

"怎么了？"他问，"怎么了，亲爱的？我俩之间好像有点误会。"

"感到惊讶吗？"她严厉地说着并挣脱开。

"亲爱的，你是不是还在为露西感到自责？"

"是你在自责，阿尔弗雷德，在你内心深处。"

"不是这样的，你还是紧张过度了，你……"

"我丑陋、我卑鄙，我恨我自己。"她突然说道，"露西、你的工作、你的前妻——他们对于你的意义都远比我要大，我嫉妒他们！"

"真是胡说八道，亲爱的，我没告诉过你我有多……"

"对不起。"她无力地笑了，"我们不能在露西的房间里对彼此大喊大叫，你还记得她有多讨厌我俩吵架吗？"

"别说得好像她死了一样。"

"但是你相信如此,不是吗?我可怜的阿尔弗雷德。"

"不管怎样,我很快就会知道的。"他发觉自己的语气很严肃。

埃琳娜站在一旁,用悲伤的眼神打量着他,最后她说:"我明白了,他们已经……你会小心行事吧?"她回到他的怀抱,用长长的手指抚摸着他的太阳穴。

"如果我交出了他们想要的东西,你会鄙视我吗,埃琳娜?"

"我永远不会鄙视你,亲爱的。"她神秘地凝视着他。

"我们都必须做应该做的事,为了我们最爱的……"

直到晚餐时间,大家才想起了拉格比教授。两个小时前,他偷偷溜了出去。他没有开车,而是从后门和房子后面的围栏溜了出去。雪很快填满了他的脚印。他没带武器,除了大衣口袋里的一把重型扳手,他还带了胶囊毒药,藏在战争期间特别行动时存放的地方。贝尔维尤咖啡馆等待他的是什么,他一无所知,正如他一个年轻同事所说,必须见机行事。他缓慢地稳步上坡,雪花时断时续地飘落着,黑暗中,雪道像绷带一样在他面前展开。自从露西被带走后,他第一次感觉自己掌控住了一切,现在一切都取决于他自己,他已经做出了决定,剩下就没有什么复杂的事情了。

不到一个小时,他就到达了山顶,在那里,小路与大路相交在一起。大风呼呼地刮着,将厚厚的雪雾从马路上方吹过。他很快看见了灯光,咖啡馆外拐角处停着几辆长途卡车和私家车,车牌上都盖满了雪。他推开咖啡馆的门,一阵热浪和自动点唱机的音乐向他迎面袭来。

"又来一个风雪孤儿。"有人兴奋地喊道。一群群卡车司机占据了所有桌子,角落里,两个孩子用吸管在喝着可口可乐,看起来有些懊恼的父母在小声交谈。拉格比走到柜台前,点了咖啡和三明治。在点唱机的喧闹声中,店主喊道:"先生,食物快卖完了,道路也堵塞了,向西边堵了有半英里远。你是从伦敦来的?"

拉格比点了点头,他抿一口咖啡,开始环顾四周。咖啡馆里烟雾弥漫,他能感受到英国人,尤其是工人阶层应对任何公共危机的氛围,这种氛围由顺从、兴奋和与众不同的午后消遣混合而成。他注意到,在门边的一张桌子上,有三个硬汉坐在那里,胡子拉碴,闷闷不乐。看来,在烟雾和噪音中还有些险恶的气氛。这时,其中一个硬汉站了起来,把一枚硬币塞进自动点唱机的盒子里;另一个人悄悄地走到外面,一分钟后又回来了,向一个头戴布帽、身穿长大衣、像熊一样魁梧的大块头男人点了点头。

那人独自坐在离柜台不远的桌子旁,看了拉格比一眼,向他招了招手。拉格比走到桌边,坐了下来。

"晚上好,教授。"这是拉格比在电话里听到的声音,"我在等你。开车来的吗?"

"走过来的。"

"好极了!聪明的家伙,我想你没有告诉任何人这次小小的探险吧?"

"我没跟任何人说。你叫什么名字?"

"你可以叫我彼得罗夫。我应该一开始就向你说清楚,教授,如果你再玩花招,我们就会开枪打死你,然后一路开枪冲出去,再去找你那漂亮的小女儿算账。"

"你们走不远,西边的路又堵上了。"

"那又怎样?那只是暂时的,扫雪车……"彼得罗夫停了下来,眼睛藏在兜帽下,"我并不在意,只要伦敦的道路是通畅的……"自动点唱机发出的巨大响声湮没了他接下来的话。拉格比心中暗喜:彼得罗夫的口误表明,正如奈杰尔所猜测的,露西不在伦敦,而是在西边的某个地方,也许离这儿并不远。

拉格比说:"雪下得很大,伦敦的道路不久也会再次堵上,大自然似乎在和你作对,彼得罗夫。想想看,是不是挺讽刺的,绑匪和警察坐在一起,一动不动,陷入困境。"

"教授,你是个怪人,在这个时候还讨论这样的文学话题。"

拉格比耸了耸肩。他仔细观察着身旁的这个人,他的身体非常强壮,歪斜的肩膀支撑着一颗圆滚滚的头,小小的眼睛,手腕粗而多毛。撇开他带来的打手不谈,这也是一个可怕的对手。拉格比恨不得把手指掐进那胖脖子里,把这只大猩猩踢成一堆果冻,但现在还不能轻举妄动。他说:"你为什么不脱下大衣呢?这里热得要命。"

"亲爱的先生。"这个人用低沉的声音回答,"我口袋里有一把左轮手枪,这就是原因。"

有一家人从他们桌子旁擦肩而过,一个孩子发着牢骚,家长向其他人解释道:"只能回伦敦去了,看看能不能在下一个小镇找到能睡觉的地方。"

"祝好运，伙计！"有个卡车司机大声说，"我们会来把你挖出来的，只要用信鸽给我们传个消息就行了。"

"他到底在干什么，这种天气还带着孩子到处走？"

"到阳光明媚的托基来吧！"

门开了又关，一阵冷风吹得烟雾飞散。

"好吧，谈正事。"彼得罗夫说，"这是纸和铅笔，写下来，教授。"

拉格比没有动。彼得罗夫的眼睛眯了起来："怎么，改变主意了？拜托，你浪费我们太多时间了，我可不想整晚都耗在这里。你到底要不要把信息给我？"

"会给的。"拉格比说，"但现在还不行。"

"你现在就给我，否则你亲爱的女儿会死得很惨。"

拉格比手托着头，声音变得断断续续："你们已经杀害了她，我知道。"

自动点唱机里传来大声叫喊的声音："我的宝宝是最棒的宝宝，摇滚，摇滚，摇滚，奥利，奥利，呼，嗨！"

"没有的事。"

拉格比抬起头来，阴郁地盯着彼得罗夫的眼睛："证明给我看。"

"证明？但是，亲爱的先生……"

"很简单，带我去关押她的地方，把孩子放了，然后我就把信息给你。"

"那不可能，不要跟我谈条件，现在不行，朋友。"

"我已经提出了我的条件,你可以接受,也可以拒绝。"

"如果我拒绝呢?"

"你没有弄到你想要的东西,你的人民不会原谅你的失败。"

"所以你现在威胁起我来了?"彼得罗夫爽朗地笑了,"告诉你,如果我什么信息都没拿到,就会把小露西交给我这儿的朋友们。"他猛地把头转向了门边的那三个人,"他们可是非常粗暴的人,没啥文化。脸色发白、年纪大点的那个,他因为用指甲钳钳掉他女友的乳头而入狱,还有一次是因为侵犯了一个五岁的孩子。另外两个人为了钱会不择手段,但是他会为了,呃,'爱',明白吗?"

"别用这种话来吓我。如果露西还活着,只可能是为了一个目的,但是……"

"我告诉你,她还活着,你在电话里听到了她的声音。"

"那是两天前的事了,而且是用录音机录下来的。"

彼得罗夫噘起嘴,皱着眉头。拉格比继续追求己方的优势:"那只是个诡计,让我们以为你把她关在伦敦,我可不傻。我的推断是她就在离这里不远的某个地方,也许活着,也许死了。由于警方已经搜查了方圆二十五英里内的每一间房子,所以我推测她已经死了,并且被掩埋了,应该由你来证明一下相反的情况。"

咖啡馆老板来到他们的桌前,用一块布敷衍地擦拭了一下。

"请再来两杯咖啡。"

"好的,先生。有意思,你们两位在这样偏僻的地方见面,是巧合吧?"

"可以这么说。"

"两个来自伦敦的朋友在偏远之处偶然相遇。"老板津津有味地发挥道,"嗯,世界可真小。"

老板慢悠悠地走了,拿着两个脏兮兮的杯子回来,然后又离开了。

"顺便问一下,你是怎么过来的?"拉格比说。

"我朋友开着卡车,我开车跟着他们。"

两人陷入沉默。不一会儿,咖啡馆的门又开了,一阵大雪扑了进来,刚才那一家子又进来了,哭闹的孩子在大声叫嚷:"我想回家!"

"难道我们不想吗?"附近桌子旁,一个搞笑的人喊道,"快来吧,夏天!"

那家人说,在去伦敦的路上有个大雪堆,离咖啡馆只有一百米距离,他们的车无法通行。

拉格比向他的同伴侧倾过身去:"我跟你说过吧?陷入困境,你出不去,警察也进不来,可能会持续好几天,我听说饿死可是非常难受的。你知道这个地方很快就会没有食物了吧?"

"上帝,多么糟糕的国家啊!"彼得罗夫咆哮道,"他们没有电话吗?"

"你不能通过电话送食物啊,这倒提醒了我。"拉格比站了起来,潇洒地穿过柜台边的一扇门。彼得罗夫跟在他身后,脚步轻如一只巨大公猫。

在前方通道里,他赶上了他:"如果你敢碰电话,我就开枪打死你。"

拉格比说:"我在找厕所,不是电话,别这么激动。"

体形庞大的彼得罗夫怀疑地瞪着他。拉格比继续说道:"如果你认为我会从窗户爬出去逃跑,那你比我想象的更愚蠢,我还指望你带我去见露西呢。"

阿尔弗雷德·拉格比沉浸在一种奇妙的兴奋中。采取行动的快感、多年艰苦的智力劳动还没有根除的孩子气,以及他让卑鄙可怕的对手心生猜疑,所有这些结合在一起,给他营造了一种愉快的心情。

"你同意我的条件吗?"他们再次坐在小桌子旁,拉格比问道。

彼得罗夫的眼睛清冷如冰:"我们离开这个烂泥坑时,我会带你去见你的女儿。"

"然后释放她?"

"你把信息给我的时候。"

"是我把信息给你之前。"

"教授,那不行。我要是先放她走了,万一你拒绝交易呢?"

"别傻了,我怎么能拒绝呢,万一你那些外表龌龊的朋友对我动手动脚呢?"

"亲爱的先生,如果我们认为靠身体控制可以制服你的话,我们就会绑架你,而不是你的女儿。"

"她在哪里?"

彼得罗夫温和地笑了:"我可没那么容易上当,等我带你去见她。"他停顿了一下,"一开始你可能会认不出她……"

咖啡馆里的谈话渐渐停止,点唱机终于安静了下来。人们试图在长凳上、椅子上或地板上睡觉。柜台上方只留着一只电灯泡在亮着,鼾声、呼噜声、不安的移动声……空气变得越来越污浊。拉格比坐在硬硬的椅子上，依然保持清醒。他感觉黑暗的时光即将过去，但就像冰川移动一样缓慢。彼得罗夫的最后一句话不断在他的脑海中浮现，每一次都像血液从他身上流出来，让他感觉既虚弱，又寒冷。如果露西被毁容了，他要为此而负责，因为他一开始就拒绝与绑匪合作。他想象着孩子受到的折磨，痛苦不堪。

彼得罗夫在他身边睡着了。拉格比可以从这个大个子的口袋里掏出左轮手枪，然后开枪杀了他，再从门口的打手身边一路开枪冲过去，但这是自找绝路，因为彼得罗夫是他找到露西的唯一途径……

透过没有窗帘的窗户，天色渐渐亮起来，咖啡馆里的人开始活动。不一会儿，几个司机出去预热发动机。那个脸色苍白的变态打手把一枚硬币投入了自动点唱机，随着音乐的播放，他咧嘴露出牙齿，抽动着四肢。店主在用水壶为那些想洗漱的人煮开水，空气中弥漫着体味和陈咖啡的味道。彼得罗夫的另外两个打手在向店主索要食物，他们不相信店主没有食物。在场面可能会变得更难看之前，彼得罗夫走到店主身边，让两个打手走开，不过并没有让人看出他们彼此熟悉。

一刻钟后，司机们又跺着脚进来，对着手哈气。东边的路依然堵塞不通，但是向西半英里的路上有扫雪车在清理雪堆。听到这个消息，彼得罗夫的一个手下出去发动了卡车。咖啡馆里的其他人看起来就像一群难民，又脏又丧，但都表现出兴奋的样子。

"我们很快就能出发了。"拉格比说，"不让发动机先预热一下吗？"

"耐心点，亲爱的先生。"彼得罗夫像同伴一样拍了拍他的后背。

除了再次见到露西、好好安慰她之外，拉格比其他什么都不想了。

然而，一切都乱套了。差不多过了半小时，对拉格比来说，这半小时就像是半辈子，这时，外面传来说话声，门被猛地推开了，士兵成群结队地走了进来，有的手拿铁锹，有的捧着装有食物的纸箱，一名警察紧随其后也走了进来。

拉格比在欢迎的喧闹声中，钻到了柜台的门帘下，把自己锁在了厕所里。他知道警察会接到他失踪的通知，每个警察都知道他的模样。如果他现在露面，就会失去找到露西的机会，还需要向警方做漫长的解释和说明。在这个过程中彼得罗夫要么遭逮捕，要么逃跑；如果遭逮捕，他肯定是不会交代的。

彼得罗夫这边，认为自己中了圈套。士兵、警察和教授都飞奔而去，他还没来得及让教授闭嘴。他猛地把头转向了门边那三个打手，他们茫然不知所措，站成一小队，像是被牧羊犬看守的绵羊。他们不知道彼得罗夫雇他们做什么，但心知肚明不太可能是合法的事。他们的本能是看到警察就跑，于是他们猛地冲出门，与负责这一队士兵的队长撞在了一起，队长开始咒骂他们。

脸色苍白的那个打手忍无可忍，拿出一把剃刀，直接把队长从太阳穴砍到下巴。几个士兵听到争吵声，冲了出来，看到队长在地上打滚，鲜血染红了雪地。三名打手逃之夭夭，士兵们在其身后紧追不舍，把他们从卡车上拖下来。打手用剃刀、鞭子和自行车链条抵抗，士兵们用铁锹、拳头和靴子予以还击。其他士兵蜂拥而至，前来救援。警察把受伤的队长抬进咖啡馆，对他进行急救。在这一片混乱的掩护下，彼得罗夫溜进了咖啡馆的后门,去寻找拉格比。

既然无法带走教授,那么此时此地就必须让他闭嘴。使用左轮手枪并不明智,必须尽可能悄悄掐死这个人。彼得罗夫轻轻地走着,凝视着肮脏的厨房和洗碗间,里面空无一人。他从后门向外望去,没有离开的脚印。彼得罗夫微笑着转过身去,咔嗒一声关上了厕所门:"是我,彼得罗夫,我们可以走了,快点。"

拉格比出现了,但发现他的喉咙被两只非常有力的手给扼住了。

像通常一样,暴力总是带有某种滑稽的元素。两个大个子在一条狭窄的过道里上下起伏、左右撞击、全身用力,毫无希望地努力达成不同的目的。一个确信是对方故意让他落入陷阱,只能通过杀戮来逃离;另一个知道不能置敌人于死地,从而使通往解救露西的道路保持畅通。

拉格比完全被吓住了,他低估了对手的实力。如果他能够将对方的手指从喉咙上挪开,也许他还可以喘过气来进行解释。他双手交叉放在头上,用力向下砸向那毛茸茸的手腕,没什么作用。他抬起膝盖,但是彼得罗夫已经向一边侧过身去了。他最后用力一阵抽搐,向后倒去,让彼得罗夫越过头顶翻了个跟斗。

手指终于松开,拉格比可以大口呼吸了,但他还没来得及说话,彼得罗夫就在狭窄的过道里再次向他扑了过来,就像气缸里的活塞一样,动作流畅而又难以抵挡。这时,拉格比忘记了自己的目的,忘记了口袋里的扳手,甚至忘记了露西,浑身充满了对眼前这个人纯粹的仇恨。他挥出上勾拳击中了他,击得那圆脑袋向后晃动;他又抡了一记右拳重重地打在彼得罗夫肥胖的腹部下方,就像打中了一袋子章鱼。对方的身体摇摇晃晃地撞开了没上锁的后门。

现在他们到了开阔处,不再受过道墙的限制。拉格比知道自己处于劣势,但是这样一来,他的大脑变得更加冷静,嗜血的欲望不再完全冲昏头脑。一瞬间他犹豫了,这犹豫是致命的失误,他刚张开嘴想解释,彼得罗夫已经从白雪茫茫的院子里站了起来,又将手指扼在了拉格比的喉咙上。

拉格比的身体最终软瘫了下来,彼得罗夫将他拖进了厕所。他正要确认受害者是否已经死了,就听到远处传来脚步声。他溜出厕所,穿过后门,在一名士兵的注视之下,故意亲切地向他挥了挥手,然后上了他自己的车,溜之大吉。

彼得罗夫一边小心翼翼地穿过扫雪车开出的车道,一边敲定了他应该向上级汇报的报告内容。他们批准计划,实际上是强迫执行,要他亲自联系教授。他凭技巧和勇气做成了这件事,没想到教授如此固执愚蠢,竟然再次布下陷阱。这不是他的错,他没有过错,但这确实是一次失败,他的上级可是无法容忍失败的。

尽管在搏斗中受到了很大冲击,但是这时,彼得罗夫发现自己的大脑又回归了正常。话说回来,这是个陷阱吗?如果是的话,那士兵们肯定不会允许任何人走出咖啡馆并开车离开吧?他现在意识到,士兵们只带着铁锹和纸盒装的食物,并没有带其他任何武器。

彼得罗夫决定大幅修改他的报告。他仍然会说自己是从陷阱中死里逃生,在他逃跑的过程中,他发现有必要把教授从路上清除掉,只可惜顽固的家伙因此而丧命。他雇佣的那几个打手不会来反驳他，反正他们也并不清楚他的身份。

为了弄清楚已故教授的秘密，他们现在必须重新开始，很可惜，不过这种工作中的挫折在所难免。彼得罗夫知道，如果要继续保留自己对上级的价值，就必须掩饰痕迹，除了其他权宜之计之外，显然还需要收拾那个孩子——露西。

这时，贝尔维尤咖啡馆的老板走进了厕所，发现那里有一具伦敦绅士的"尸体"。他大声地呼救，但警察已经离开了。两名士兵协助他把"尸体"抬了出来。他们从驾照上得知了他的名字，阿尔弗雷德·拉格比教授。他失去了知觉，但并没有死。如果说，拉格比低估了彼得罗夫的力气，那么彼得罗夫也低估了拉格比求生的意志力。人们为教授做了力所能及的事情，老板打电话叫来了救护车。半个小时后，老板才迟钝地意识到，这个失去知觉的人最近上过新闻，于是打电话通知了贝尔卡斯特警方。

第十章　发现小男孩

12月31日

当拉格比教授沿着小路步履艰难地走向贝尔维尤咖啡馆时，走私者小屋里，露西正在寻找时机，准备逃跑。

今天下午，她的希望灰飞烟灭。看到安妮·斯托特端着茶盘进来，露西兴奋地问道："他今天会来吗？"

"谁会来？"

"我爸爸呀！"

"他不会来。"

露西的嘴开始微微颤抖："可我明明听到你说'他亲自来'。"

"哦,那是说一个朋友。"安妮盯着她,一脸困惑,"你怎么听到的?"

"我……嗯,我在楼梯上,然后……"

"太不守规矩了。你应该很清楚不允许离开房间,如果再出现这种情况,你会挨揍的。"

真是祸不单行,父亲不来了,现在他们肯定又要把门锁上了。露西伤心欲绝,哭得筋疲力尽,她又开始思考怎么逃跑。

在冒险故事中,女主人公往往会设法感化绑匪,可是这一招对安妮根本不管用,她是铁石心肠。保罗舅舅?他和安妮不同,对她更好,但是出于本能,她知道不能信任他。他好像有些油腻,让人捉摸不透,前一刻还在开着玩笑,下一刻就变得面无表情,冷漠无趣,他让露西联想到一位内心冷若冰霜的公主。

在冒险故事中,人质会切断窗户上的栅栏,或在地下挖一条隧道,这些不在露西的能力范围内。她唯一的出路就是通过门,可现在门锁上了。学校为什么不教一些实用的技术?比如,如何撬锁。如果抓她的人小心翼翼地把她锁在房间里,回来却发现房间里空无一人,那会有多惊慌。想到这里,露西咧嘴一笑,可恶的安妮肯定会大惊失色,但是……

但是,为什么不试试?就在此时,冒险小说中另一种常见的逃生策略突然浮现在她脑海中。之前为什么不试呢?废物!她自责道。想起外面厚厚的积雪,她开始脱掉身上的衣服,然后又依次穿上内衣、睡衣,最后穿上男生的裤子和外套。没有时间去找长筒靴了,她只能将就地穿着他们给的徒步鞋,鞋子还大了一号。不过,如果可行的话,不妨把鞋子用鞋带挂在脖子上,穿着袜子走下楼梯。她等待着,紧张得汗流浃背。

半小时后,保罗拿着可可饼干回来,他发现房间里一片漆黑。最近他借酒浇愁,喝得很多,但酒喝多了反应也变慢了。他把托盘放在床上,摸了摸被褥下面的孩子身体,他想孩子一定是睡着了,接着又去摸索电灯开关。在这过程中,藏在门后的露西溜了出来,悄悄地锁上了门,向楼梯走去。

她还没来得及走到前门,楼上就传来了疯狂的叫喊声和砰砰声。就在安妮冲出客厅时,露西溜进了最近的避难所——厕所。听到安妮的脚步声在楼上响起,露西溜进大厅,穿过前门向右转,以最快的速度在雪地上跑开了。她连鞋都没来得及穿,刚跑了三十米远,就听到了追赶的声音。

蠢驴!露西在心里骂自己,走的时候为什么不把钥匙拔走?那样就只有一个人能来追赶。通往自由的道路在她面前闪亮,露西气喘吁吁地呜咽着,挣扎着往前跑。这不是一场游戏,可作掩护的车库已被她甩在身后,现在她无处可藏。

唯一的希望是农场,如果那边也有敌人,她就完了。露西一只脚踩在拖拉机留下的冰冷坚硬的压痕上,滑了一跤摔倒在地。她躺在那里气喘吁吁,这时有个人影在黑暗中从她身边匆匆走过。是安妮,她用低沉而急迫的声音喊道:"埃文!你在哪里?赶紧回来!"

安妮走后,露西刚要站起来,就痛苦地叫了一声,她扭伤脚踝了。在她身后,她听到保罗在车库和屋外搜寻。露西咬紧牙关,一瘸一拐地走向窗户透出灯光的农舍。走到门口，没有门铃，她开始敲打门环，斯韦特先生打开了门。

"啊，埃文，你在这里做什么，孩子？"

露西哭个不停，在他的搀扶下走进屋里来到厨房，外面漆黑一片，屋内的灯光显得格外耀眼。

"我不是埃文！救救我！我……"

"好了，好了，小家伙。"农夫的妻子低声说道，"坐一会儿，你身体有点虚弱。"

"他们绑架了我！哦，你们一定要相信我……"

就在这时，门被敲得震天响。安妮·斯托特听到孩子敲打门环的声音，便转身回来。露西身体一瘫，就像老鼠见到猫，话也说不出来。她扑到斯韦特太太的怀里，把头藏起来。

安妮说："哦，埃文，你真没规矩。没关系，我们不会计较。"她压低了声音又说："孩子有些神志不清，斯韦特太太。"

"他说了些关于绑架的事。天哪，他身上热得厉害，不是吗？"

考虑到露西衣服的重量，再加上一路逃跑，这并不奇怪。

安妮说："我马上让他回床上休息，很抱歉给你添麻烦了。"

"可怜的孩子，都湿透了。"斯韦特太太喊道，"喂，保罗，你可以背埃文回去吗？"

露西开始踢腿，并发出微弱的尖叫，但保罗还是把她带了出去。安妮解释说，由于听到了拉格比教授女儿的广播新闻，孩子又在发烧，所以产生了被绑架的错觉。斯韦特夫妇对这件事虽感到不解，但他们显然没想到用一个孩子假冒另一个孩子这种诡计,这把他们给骗过了。

回到儿童房,露西痛哭流涕,安妮和保罗的话她都差点没听清。安妮说:"我对你已经失去耐心,你这臭小子,太可恶了!看我不拿拖鞋揍你。"

保罗从安妮手里夺过拖鞋:"不要这样,孩子也不容易。无论如何,我不赞成体罚……"

黄昏时分,露西计划逃跑时,一辆扫雪车正从朗波特上方的山顶开过。黄色车灯一闪一闪,司机庆幸自己只剩下半英里的路程了,这样他在金斯阿姆稍作停留就算一天活干完,可以回家吃晚饭了。

扫雪车的驾驶座裸露在外,寒冷刺骨。司机很羡慕伙伴们,他们开着驾驶室封闭严密的卡车跟在后面,除了不时下车通过铲雪开路来暖和身体之外,什么都不用做。

扫雪车连续不断推着积雪朝两边倾泻而出,下方山谷的朗波特亮起了万家灯火。突然,卡车上传来一阵疯狂的喇叭声。扫雪车的司机停下来,跳下车往后跑去,卡车上的人也下了车。他们站在一个嵌在雪球中的黑色物体旁,雪球是扫雪车从雪堆中推出来的,扔在路边。

斯巴克斯警司大约在下午茶时间出现在家庭旅馆,把药方交给拉格比太太,现在他正和奈杰尔密谈。他的手下把房子搜了一通,寻找窃听器和扬声器,但一无所获。如果贾斯汀·利克把它们埋在某个地方,新落下的雪会覆盖掩埋的痕迹。警方曾希望能找到露西的踪迹,可这些天来，警察已经搜查了附近的每一座房子，仍然毫无线索，也没有邻居反映看到过陌生儿童，很难相信露西还活着。

"恐怕她已经不在了。"斯巴克斯的脸上显现出一丝愤怒，"告诉你，斯特雷奇威先生，我在警队有过一些失败经历，但从来没有像这次这么狼狈。真是混蛋！"

奈杰尔说："我担心你是对的，所以对方才没有再与拉格比取得联系。"

"我有些怀疑，要知道绑匪经常会继续施压的，看看林德伯格的案子①。"

"要是我们自己知道怎么施压就好了。"奈杰尔说，"比如，对可恶的利克。"

"我又试过了，他寸步不让。我们知道他敲诈勒索，他也清楚这一点。我们正搜查他在伦敦的办公室和房子，尽管切丽小姐已经披露了情况，但还没有足够的证据指控他，在法庭上她的证据也站不住脚。不管怎么说，证明敲诈是一回事，证明与外国特工合谋是另一回事。"

"是的，聪明的绑匪为了自己的利益，不会和他们搅和在一起的。"

"除非他们得知真相并威胁要曝光他。"

"确实如此，那么，我们现在何去何从？"

"我想把一些问题先弄清楚。对兰斯·阿特森，还有上将的妻子，

---

① 指1932年发生于美国的"林德伯格绑架案"。著名飞行员林德伯格的幼子从家中被绑匪绑走，后被撕票。

你有何看法……"

经过两人的短暂商量,切丽和兰斯被召集在一起。斯巴克斯让他们分开坐在桌子两侧的椅子上,他说道:"阿特森,我在你身上浪费的时间已经够多了。你的处境有点麻烦,大家都知道,你贩卖毒品……"

"胡说!谁告诉你的?"

"有人举报。"

"欺人太甚,别把我惹毛了,你这该死的条子。"

"少跟我废话,你这个胡子拉碴的混蛋,小心我一枪把你给崩了。"

"牛啊!"兰斯嘲笑道,但已吓得脸色苍白。

"我现在对你肮脏的毒品交易不感兴趣,这个我们以后再说。你喜欢毒害青少年,那你也喜欢绑架孩子,是吗?你还有没有底线?"

兰斯结结巴巴地说:"根本不知道你在说什么。"

"你没注意到有孩子遭绑架了?你是白痴还是根本不在乎?"

"关我屁事。"兰斯闷闷不乐地回答。

"如果我说,你偷听了拉格比教授和他妻子在上周五早上的谈话,并把谈话的要点告诉了绑匪呢?"

"呵呵,果真如此那又怎样?"

斯巴克斯的大拳头砸在桌子上:"你承认了?"

兰斯抿了抿嘴唇:"没有。"

"你在拉格比的房间里装窃听器,还有一根电线通向你的房间。"

"胆够肥。"

"上午9点前还在偷听。"

"我没有！我不喜欢这样，切丽，你和我在一起，你看到我耳朵上戴着什么小玩意了吗？"

"没有，但我也不可能看到，那时我不在房间里。"切丽用她最温和的语调说，"我在贾斯汀那儿。"

"你这个该死的小婊子！"

"闭嘴！"警司吼道，"好了，切丽小姐，我说的是上周五早上8点45分到9点之间那段时间。那时你不在卧室里吗？"

"不在，我吃早饭去了，大概8点50分就下楼了。"

"下楼了？"

"是的，在路上我遇到了贾斯汀·利克，他让我去他的房间。他想谈谈，你懂的。"

"他又想威胁你和阿特森先生？"

"是的，他急着让我签些东西。"

"你在那里待了多久？"

"大概十分钟吧。"

"所以当时你不在自己的卧室里，阿特森可能在偷听，而你并不知道。"斯巴克斯得意扬扬地说。

女孩不紧不慢地说："我不这么认为。我不懂这些隐藏麦克风的东西，但我想这需要相当多的设备。嗯，我们只带了一个手提箱，我打开它时没有看到任何窃听器、电线或其他东西。"

就这样，斯巴克斯奈何不了她。旅馆的工作人员后来证实，她和兰斯到达时确实只带了一件行李和一把吉他。当然，兰斯可能会在到达后，从贝尔卡斯特的间谍那里搞到窃听设备，但这完全解释不通。因为切丽发誓说，兰斯没有在 8 点 45 分把她赶出卧室。再说，他怎么知道拉格比夫妇正在讨论计划。

"你今天倒挺安静。"这两口子离开后，斯巴克斯对奈杰尔说。

"我有点有不舒服。我脑海里仿佛浮现一个黑洞，透过这个洞看到下面是地狱……"奈杰尔突然停下来，然后喃喃自语，"为什么，为什么，为什么？"

斯巴克斯瞥了他一眼。"一个洞？"

"一个小洞。"

"啊，好吧，我们最好收拾一下。"

"我建议，我俩一起跟上将和他的妻子谈谈，你介意我加入谈话吗？"

"你全包了吧。毋庸置疑，你更能说会道。"斯巴克斯说，他眼神里透露出一丝幽默。

不过，能说会道并不重要，耐心才是更重要的，弗伦奇-沙利文夫人今天尤其健谈。她清楚地表明，她和上将觉得由一位绅士负责调查是多么令人满意的事。她说这话时，斯巴克斯偷偷向奈杰尔眨了眨眼。接着她来了一番长篇大论，表达了她对国家现状的愤慨，竟然允许敌方特工制造骚乱，这都要怪已解散的工党政府和可怕的坎南·柯林斯……奈杰尔无法阻止她的滔滔不绝，最后，上将温和地插话道："我想，他们想问我们一些问题，亲爱的。"

奈杰尔乘着停顿间隙说道："是的，我希望你能跟我们多讲讲贾斯汀·利克先生的情况。"

"可恶的家伙！"

"有关他对你的敲诈……"

"相信我，我把他轰走了。"

"可以跟我说详细点吗？如果你想私下谈的话……"奈杰尔瞥了一眼上将。

"不用，我丈夫现在已经都知道了。"她搽了浓浓脂粉的双颊泛起了红晕，变成了令人不适的淡紫色，但是她的眼睛很明亮，有那么一会儿像个少女。

"是的。"上将说，"行窃勾当，都是我的错，真的。我那时远在地中海，你知道，军队很忙，我没有考虑到物价上涨，本应该给妻子增加补贴。"

"好了。"奈杰尔停顿了一下，感激地说，"一切都过去了。贾斯汀·利克威胁要告诉你丈夫这件事？"

"是的，他真的相当无礼，而且……"

"他要告诉你丈夫，除非？"奈杰尔插话，态度坚定。

"除非？"

"他要求用什么来换取他保持沉默？"

"哦，我明白了。太荒谬了，你根本想不到，他想让我说服我丈夫为他挖掘丑闻，好像汤姆会干那种事似的！"

上将咳嗽了一声，面无表情地盯着奈杰尔，眼中闪过一丝狡黠："八

178

卦专栏之类,你知道,揭露上流社会的丑闻等等。"

"太不可思议了。"奈杰尔说,好像以前没有听说过这一切,"厚颜无耻的家伙。夫人,你告诉你丈夫是明智的。"

"而且很勇敢。"后者微笑着对妻子说,"你知道,这并不容易。"

奈杰尔问:"还有一件事,弗伦奇-沙利文夫人。利克有没有给你施加压力,让你做其他事情?也许他没有明说,但有暗示。"

"我不太明白……"

"他有没有含沙射影地说,想听你讲讲关于拉格比一家,或者其他任何客人的任何信息?"

"哦,没有,没有这样的事情,我向你保证。"

"我们有点担心你发给贝尔卡斯特的朋友的电报。"

"那是关于貂皮的。"上将插嘴说。

奈杰尔追问:"你为什么发电报,而不是直接给她打电话?"

弗伦奇-沙利文夫人有点生气:"那是我的事,斯特雷奇威先生,但我不介意告诉你。霍林斯离开了两天,我不知道她的地址,也不想和她的助手在电话里讨论这件事,那个女孩是个令人讨厌的八婆。"

随后对贾斯汀·利克的讯问同样难以让人满意。之前斯巴克斯警司还试图击垮他,可这次他既不被恐吓也不受哄骗,除了承认周五早餐前在房间里和切丽谈了一会儿,没有新的进展。

"你又在编是吗?"

"我有吗?"

"别跟我耍花招!"警司吼道,把拳头砸在桌子上,"她的监护人雇你来找她，阻止她嫁给阿特森。你找到了她，然后开始琢磨自己能捞到什么好处。你试图让她签署一份文件，你不泄露她的情况，但她要为此支付你一笔费用，并承诺在成年后支付更多钱。"

"那是你的一面之词。"利克平静地回答，"事实是，我试图说服她离开阿特森。我告诉她，如果她这么做了，我会对她的行为保持沉默。"

"没有金钱交易？你把我当白痴吗，利克？"

"这个问题一定要我回答吗？"

斯巴克斯勉强控制住情绪，问："你和她说的完全不一样，她为什么要在这件事上撒谎？"

"我猜是因为她不喜欢我，不喜欢我知晓她的情况，想尽一切办法来对付我。"利克面无表情地回答，"你知道，她是个变态的骗子，我没看到她有什么能在法庭上站得住脚的证据。"

这种厚颜无耻让斯巴克斯震惊，奈杰尔救了他，接着问道："利克先生，你是在告诉我们，你讨好切丽是出于一种无私的愿望，想从一个财富猎人手中救出那位年轻女士？"

利克谨慎地看着他："可以这么说。"

"我明白了。那你准备违背和她监护人签订的协议吗？"

"如有必要，我……"

"当然，还把费用还给他？"

"哦，不，我应该会通过阻止他们结婚来赚取费用。"

"明白了，谢谢，利克先生。"奈杰尔继续用冷漠的语气说道，"你是我遇到过的最可恶、最可鄙的人之一,但是你对斯巴克斯先生正在处理的案子做出了一定的贡献,所以我想我们应该感谢你。"

"你最好穿上防弹背心。"那个人出去后,斯巴克斯对奈杰尔说,"注意到他看你的眼神了吗?"

"我们现在知道是谁向绑匪通风报信了,问题是,我们该怎么办?"

奈杰尔和斯巴克斯详细讨论了这件事。他们准备采取行动,而不是等待绝对的证据。如此微妙的情况下,任何错误的举动都可能会破坏行动计划,问题的最终解决取决于接下来和拉格比教授的交谈。

但是,拉格比教授不知身在何处。

斯巴克斯和他的警员立刻投入了战斗,他们搜查了家庭旅馆,包括每个房间和附属建筑。没有车从车库出去,如果有脚印的话,雪已经覆盖了痕迹。无法想象拉格比在他们眼皮底下被绑架,也没有任何挣扎的迹象,他一定是自愿走出去并消失的。

最后见到他的人是他妻子和值班的便衣警察。喝完茶后,教授告诉妻子要写几封信,便衣警察注意到,教授穿过大厅走向书房。教授走后,便衣和拉格比太太聊了一会儿。

教授可以从书房的另一扇门出去,到家庭旅馆的后面去,而奈杰尔和斯巴克斯当时正在讯问旅馆的客人,旅馆老板和工作人员也都没有注意到。

经过所有这些调查,有件事已很清楚,因为直到晚上 9 点,教授还没有回来,也没有发回任何消息,他肯定是收到了绑匪的信,然后步行去见他们。无论他是由人开车接走了,还是步行去了附近的某栋房子，见面地点都不会很远。斯巴克斯已经通知整个郡的警察，在少数几条没有被雪堵塞的道路上设置了路障。

"你认为他最终会向他们屈服吗？"斯巴克斯疲倦地问，他从标有畅通道路的大比例尺军事地图上抬起头来。

"我不相信。"奈杰尔回答，"他不是一个懦夫。我们没能找到露西，所以他决定自己试试。他唯一的希望就是见见对方的特工，做笔交易。"

除了他们一直要求的信息，他没有什么可讨价还价的余地，所以他只能放弃。

奈杰尔接着说："他会再次尝试跟他们兜圈子，'让我看到露西活着离开，我就会满足你的要求。'然后尽可能拖延时间，最后他会自杀。反正我是这么看的。"

警司说："他妻子基本也是这么猜测的。"

"真的吗？你觉得她知道他会出去吗？"

"看不出来。从她的态度来看，我有所怀疑，但她是个演员。在拉格比走进书房的时候，她确实和那个便衣警察聊了一会儿。他说，她以前从来没有和他说过话。"

"那个在雪堆中死亡的孩子……"

"与本案无关，是个男孩，我告诉过你。"

"那男孩被谋杀了？"

"没有明显伤痕，如果尸检发现什么，他们会再打电话给我。"斯巴克斯疲惫不堪，声音沙哑，"你听听深夜新闻简报，听完全部内容。现在我必须去想想办法。"

"告诉他们教授已经失踪，必须让他们远离埃琳娜·拉格比。"

"她在房间里，我有一个伙计在门口。"斯巴克斯冷酷地补充道，"没人能进去或者出来。"

但埃琳娜·拉格比还是出来了，就在地区新闻发布前不久，奈杰尔和站岗人员安排好，他派克莱尔去把埃琳娜带下来。他知道客人们都会在客厅里等着听新闻简报，他希望观察他们的反应，尤其是某个人的反应。他心里已经有了推测，也只能这样去检验。这个推测除了冷冰冰的逻辑之外，并没有什么值得称赞的，他不想提及。

客人们一直在漫不经心地说话，两个女人进来后，大家陷入了沉默。他们知道教授失踪了，但不知道该如何看待这事，教授是被绑架了吗，还是已经上西天了？还是在经历了过去几天的紧张之后，失去了理智，在雪夜游荡？

上将拉着埃琳娜的手，轻轻地把她带到自己妻子对面火炉旁的扶手椅上。她往前移动，一如既往地不失尊严，但眼睛凹陷，目光深邃，四肢僵硬，就好像刚刚经历了某种身体上的折磨。其他人一直偷偷地盯着她，眼光中带着尴尬和羞愧，就像盯着一具殉道者的尸体。只有弗伦奇－沙利文夫人瞥了一眼后就转移了目光，开始拨弄炉火，她嘴角挂着一丝沾沾自喜的表情，这种表情像是在无声地诉说："我告诉过你们，外国人都不靠谱。你们可以相信我的话——她已卷入了这一切。"

贾斯汀·利克独自在一张桌子上玩单人纸牌。此时，他重新洗牌，牌一张张合在一起模糊不清，举手投足表明他高度警惕。兰斯·阿特森看上去无聊得要命,他搔着旅馆里猫的耳朵。切丽打破了尴尬的沉默,她走过去坐在埃琳娜的脚边,说:"真为你感到难过,相信他会没事的,别担心,拉格比太太。"

"谢谢你,亲爱的。"

上将看了一眼手表,调高了收音机的音量,回到自己的椅子上。奈杰尔站在收音机旁,看见克莱尔的手指攥成了拳头,他自己的紧张情绪已经传染给了她。其他人靠得更近,或身体前倾,好像播音员的声音是德尔斐[①]的神谕。

"皇家学会院士阿尔弗雷德·拉格比教授的女儿上周四失踪,相信已遭到绑架,教授自己目前处于失踪状态,最后一次露面是……"收音机里悦耳的声音开始播报。新闻对教授进行了描述,警方认为他可能失忆,呼吁见到教授的人能挺身而出……这是非常谨慎的发布,只有极少数了解拉格比教授工作性质的人才会意识到,他的失踪意味着国家的重大损失。

播音员绅士地咳嗽了一声并表示抱歉,纸张发出沙沙声,他接着开始播报:"今天晚上,一辆扫雪车在朗波特附近清理道路时,发现了一具儿童尸体。"

埃琳娜·拉格比喘着气,仿佛心脏遭受一击。

"这具尸体是一名八岁左右的男孩,已经埋在一个雪堆中好几天。

[①] 德尔斐,古希腊著名的宗教圣地,神谕的发源地。希腊神话中,德尔斐是世界的中心。

尸体上没有任何暴力痕迹，男孩可能是在去朗波特车站的途中死于暴风雪。在尸体附近发现装有衣物的拉链袋，男孩的口袋里有一张返回伦敦的车票。他的身份目前还是个谜，因为在该地区，还没有人向警方报告过有男孩失踪。"

听到死亡孩子的性别时，埃琳娜在椅子上放松了下来，可这会儿她又紧张起来。

"这件事让人感到蹊跷的是，男孩的衣服上没有姓名贴或其他可供辨别的标记。唯一的线索是一个薄薄的银色徽章，大约身份牌那么大，戴在男孩衣服下面的链子上。牌子正面压印着一只从灰烬中复活的凤凰，背面刻着铭文……"

突然间，奈杰尔听到了可怕的声音，将播音员的声音都掩盖了。是埃琳娜，她脸色苍白，眼睛盯着收音机，好像从收音机里传来的是对她的诅咒之声。颤抖的哭声从她苍白的嘴唇间传出，哭声虽不响亮，却充斥了整个房间，听起来更令人恐惧。埃琳娜先是站起来，然后倒在地板上昏厥过去，那强烈的痛苦似乎要穿透墙壁。

第十一章　供认不讳

12月31日

奈杰尔把埃琳娜·拉格比抱上楼，让她躺在床上，克莱尔在那里照顾着她。便衣警察在门外守着。

埃琳娜努力让自己保持意识清醒。"我很抱歉这么愚蠢，给你添了这么多麻烦。"她抬头看着奈杰尔，低声说道，"知道不是露西，我也松了一口气……"

"不，埃琳娜。"他温和地回答，埃琳娜的掩饰已经太晚了，"埃文是你的孩子，不是吗？"

"是的。"她喃喃自语，然后开始一个劲地抽泣，似乎永远不会结束，全身像触电痉挛一样摇晃不停。克莱尔握着她的手，希望通过肢体接触给予她一点安慰，她自己也在悄悄地哭泣。

奈杰尔推断，卧底只可能是埃琳娜，从得到露西失踪的消息时她的表现就可以看出，再说，绑匪的其他信息来源都已经基本排除。最重要的是，壁板上有一个洞，她正是以此掩人耳目。意识到自己受到严重怀疑，她从旅馆老板的工具间借了螺旋钻，钻了那个洞。在极度紧张的情况下她依然保持镇静，没有一时冲动去"寻找"那个洞，并展示给奈杰尔看。果然，关于窃听装置的想法自然而然地在奈杰尔脑海中浮现出来。但是，一旦确定弗伦奇－沙利文夫人从利克的房间里听到的是切丽的而不是埃琳娜的声音，想象中的窃听器就会起到反作用：其他人不可能有什么动机去钻那个洞。无论如何，这只是绝望时的权宜之计，埃琳娜需要推迟真相曝光，为其雇主争取一点时间。

现在，在床上抽泣的是帮助绑架自己继女的女人，而且很可能也毁掉了她丈夫的生活，不过奈杰尔对她没有厌恶，没有憎恨，没有蔑视。埃琳娜就像古希腊悲剧中的女主人公一样，陷入了命运的两难境地，成为客观力量的受害者。这些力量利用了她最深的本能来实现自己的目的，并在这个过程中毁了她。在奈杰尔看来，毫无疑问，埃文在一定程度上被用来给埃琳娜施加难以忍受的压力，就像露西被用来胁迫她父亲一样。

不久，抽泣声停止，克莱尔扶着埃琳娜坐了起来，她把奈杰尔要的那杯白兰地给喝了。

"你肯定鄙视我。"这是她开口第一句话。

奈杰尔凝视着这张脸，曾经妩媚动人，现在憔悴得几乎认不出来了。"不，埃琳娜，我没有鄙视你，我能猜到发生了什么。你必须告诉我们一切，首先得告诉我，你知道他们把露西带到哪里去了吗？"

"哦，要是我知道，我早告诉你了！你相信我吗？"

"我相信你，可是你猜测一下都不行吗？是去了伦敦，还是附近什么地方？"

"我不知道，对不起。天哪，我为什么要相信他们！"埃琳娜痛苦地叫道。

"因为你只能这么做，为了能和埃文重聚。"

"是的！"她急切地说，"你理解我。要是我再有一个孩子就好了。我试着去爱露西，我确实爱她，但她不是我的亲生骨肉。我的生活已经完结，要是能为阿尔弗雷德把露西找回来……但恐怕她也死了，我负有责任。"

远处传来一阵刺耳的声音，是教堂敲响了钟声，预示着新年的到来。只能这样，奈杰尔痛苦不堪。

"告诉我这一切是怎么开始的。"他问道。

"去年九月，他们和我取得了联系。刚逃到这个国家时，我以为可以把过去抛在脑后，都怪我想得太简单了。"

克莱尔问："难道他们告诉你埃文还活着？"

"是的。"

"你相信他们吗？"

"一开始没有，我不信任他们。我不是个傻女人，我对他们的伎俩有所了解,有过太多经验了。即使他们告诉我孩子身上有一枚徽章,是我前夫的传家宝,以及孩子也叫埃文,还有身上的胎记,我也不太相信他们。但我希望能相信他们,非常希望,你能理解吗?"

"是的,亲爱的。"克莱尔说。

"我想,当年他们杀了那个把埃文带到边境的人之后,就发现了是怎么回事。当时正在下雪,我想要跑回我的宝贝身边,但是朋友们阻止了我。他们告诉我,孩子已经死了,为了让我不要因为没回到他身边而太难过。那雪地周围空无一人,他一声不吭,我猜他是摔晕了,我的小埃文!可他现在真的死了,在雪地里……"

埃琳娜哽咽到说不出话来,她满眼茫然,脑海中充斥着可怕的画面。

"但他们最终说服了你。"奈杰尔提示道。

"是的。向我们开枪的边防战士抱起婴儿,发现还活着,其中一人把他带到农场,给他取暖和喂食。巧的是,农场主人是我们的秘密支持者,在冲过边境的前一天,我们就藏在他的农场里。他们夫妻俩抚养了埃文将近一年,但他们没有办法联系到我。一年后,政府要求把埃文送去州立孤儿院。去年秋天,有人联系并告诉我,埃文还活着,我不相信,于是他安排我和那位好心的农场主取得联系,他还安排农场主夫妻俩去孤儿院看望埃文,并通过胎记确定那就是他们收养的孩子,所以最后我相信了。"

房间里是长时间的沉默,钟声伴随阵阵寒风在窗外响起。

"现在是我们最困难的时候。"克莱尔一边说,一边搓着埃琳娜冰冷的手。

克莱尔的同情心让埃琳娜感动,她露出一丝无力的苦笑:"我不是在找借口,只是在解释。我一直没有原谅自己抛弃埃文,但当我得知他还活着,得知他在孤儿院度过童年,变得呆头呆脑……我比以前更加痛苦。我丈夫临死前躺在我怀里,说的最后一句话就是托付我照顾好小埃文,这是我神圣的职责……哦,为什么钟声一直响?"

"很快就会停下来的,是新年钟声。"

"新年!只会比去年更糟。可恶的世界,钟声应该为死亡而鸣,而不是为生命而鸣。"即使在极度痛苦之中,埃琳娜也在无意间表现出了她的戏剧天赋。

"请一定要相信我,我很喜欢阿尔弗雷德,还有可怜的小露西,他们治愈了我的心灵。但埃文是我和第一任丈夫所生,他是我生命中的挚爱。这种爱一生只会有一次,有人也许从没经历过这种爱,但只要有过一次,以后就没什么能与之相比了,至少对一个女人来说是如此。当我听说小埃文还活着,除了救他,努力补偿他失去的时光,信守我对他父亲的承诺,别的对我来说都无关紧要了。"

奈杰尔叹了口气:"他们说,如果你照他们说的做,就会把埃文交给你。因为他们告诉你埃文还活着,你就相信他们真的会把埃文还给你吗?"

埃琳娜用一只手遮住眼睛:"我只能相信他们,哪怕有一丁点机会让埃文回来,我也不能放过。阿尔弗雷德的科学发现与我的亲生骨肉相比,有什么意义?这些科学家和他们的伟大发现,我为什么要关心哪一方超越了另一方？让他们为那些肮脏的秘密、那些如何最有效地毁灭人类的法子去明争暗斗吧！我只是一个母亲。"

"是的。"奈杰尔说，"但是还有露西。"

"你有权责备我。我对小露西并不是铁石心肠，自从我帮助他们把她带走后，我就如同生活在地狱里，任何传教士、任何宗教图片都无法描述。他们向我保证她不会受到伤害，我又一次相信了他们。没错，我愚蠢、可恶，但埃文和露西对我来说是不同的，我别无选择。"

奈杰尔说："他们答应，一旦他们知道了你丈夫的秘密，露西就会回到他身边，你和埃文就可以……"

"我打算在伦敦与埃文见面，他们说会把我们偷运回匈牙利。我什么也不想，只想再次把他拥入怀抱。"埃琳娜痛苦得脸似乎要裂开了，"他们为什么带他来这里，为什么呢？如果他们想哄骗我，为什么要把他带出匈牙利？"

"恐怕答案很简单，用他来代替露西。"

"代替？我不明白你在说什么。"

"埃文和露西很像吗？"

"我不知道，这么多年我都没有见过他，甚至没有他的照片。"

"但他长得像你，不是吗？"

"没错，他小时候，人们都认为他长得像我。"

"而你碰巧让人们想起了阿尔弗雷德的前妻。"

"是的，但是……"

"露西长得像她母亲。"

埃琳娜那忧郁的大眼睛里闪出智慧的光芒："啊！我明白了，正因为如此，我不得不把阿尔弗雷德前妻的照片藏起来，这样就不会让特工获得一丝线索，在他们的头脑中形成似曾相识和替换的想法。你刚才说，他们把埃文带到这里是为了替换露西，对吧？"

"这是唯一可能的推断。我猜想绑匪一定在附近租了房子，可能就在朗波特附近。他们带着埃文过来，邻居知道屋里有个孩子。他的头发是什么颜色的？"

"浅黄色，就和我头发变白之前的颜色一样。"

"露西遭绑架后，他们会给她染头发，给她穿上男孩的衣服，让邻居看到她，但不会让邻居跟她说话。如果警方进行调查，会有完美的证据证明房子里的孩子是绑架前就在那儿的，没有任何可疑之处。"

埃琳娜说："利用完埃文，那些恶魔杀了他，把他丢在雪堆里了？"

"但他没有受伤。"克莱尔插嘴说。

"他们有着不为人知的杀人方式。"

"他口袋里有张伦敦返程票。"奈杰尔说，"如果他们想杀了他，就不会买返程票。不，我猜他们打算把他送上去伦敦的火车，但在去车站的路上出了点问题。当然，他们会选择晚上把他送走，这样邻居就不会注意到他离开了。也许他们发现路上某个地方堵住了，剩下的路只能步行，而可怜的小家伙走不动。"

"然后他们杀了他，毫无疑问。"埃琳娜打断了他的话，她的脸变得冷酷无情，像复仇女神一样，"他们把他留在那里等死。"

"这是一种温和的死亡。"克莱尔喃喃自语。埃琳娜没有回应,陷入了自己的思绪。

钟声在房子周围响起,就像幽灵一样哭喊着闯进来。

奈杰尔等了一会儿,然后开始询问一系列问题,都是关于第一次与埃琳娜联系的特工。她毫不犹豫地回答了问题,但所能提供的信息仅限于几项事实:最初的电话、两次在伦敦一家茶馆与一个大个子男人见面,以及她与收留小埃文的农场主的联系方式。埃琳娜对这些记忆很模糊,显然,她想忘记这些细节,上周的恐惧让她忘记了许多事情,不幸的是,也抹去了其中最关键的事实。

奈杰尔说:"他们要你提供信息,包括你丈夫的反应。上周五早上,你在电话亭打了第二个电话,告诉他们你丈夫打算在邮政总局留下虚假信息,而警方正在给绑匪设置陷阱,对吗?"

"是的。"她回答的声音低得几乎听不见。

"你打的什么号码?"

埃琳娜抬头看着他,露出绝望的表情:"恐怕我已经忘记了。不,拜托,你一定要相信我。听说他们对埃文所做的事情之后,我一直在努力,努力回忆。他们告诉我必须记住那个号码,但我记性不好,所以我没有听他们的,把号码写在了一张纸上,打完电话后我就销毁了。"

"但如果是本地的号码,你一定记得,对吧?"

"哦,是的,那是朗波特交换机的号码,里面有三个数字。我记得有 4 和 9,是 479 吗?还是 497?糟糕,我真是无药可救。"

"没关系,一会儿可能就想起来了。是谁接的电话?"

"是个女人。我说'我是米莉',如果对方说'你好,在英格姆怎么样',我就会给她信息,英格姆是我丈夫的出生地。如果障碍扫除,情势明朗,我会说"好多了,谢谢',如果我丈夫不同意,我会说'差不多',如果警方设下陷阱,我会说'恐怕不太好'。哦,要是我能记住那个号码就好了!"埃琳娜用拳头捶打太阳穴。

"别担心。"克莱尔安慰道,"他们肯定不会把露西带去打电话的那栋房子。我的意思是,他们不会相信你,他们认为你会在露西失踪后改变主意,然后告诉警察电话号码。"

"不管怎样,我们已经近了一步。"奈杰尔说,"克莱尔,亲爱的,能把我的军事地图和铁路时刻表拿来吗?"

克莱尔很快回来了,奈杰尔把地图摊在桌子上:"这是朗波特,他们的交换机服务这一整片村庄……"他在地图上画了一个大致的圆圈,"联系人在其中一个村庄,或者在朗波特。这就是发现埃文尸体的地方,在去朗波特的山上。"他画了个十字,"埃琳娜,如果你觉得我在这件事情上过于冷酷,我很抱歉。"

"我的感受不重要,除了找到露西,什么都不重要。"埃琳娜盯着地图,仿佛露西的身影可能从地图上的某个地方浮现出来。

奈杰尔继续说道:"露西就被关在这边某处的一间房子里,代替埃文。距离这所房子最近的铁路干线车站是朗波特站。让我们看看,去伦敦的最后一班火车,6点12分离开朗波特,所以,除非绑匪有两辆车,否则绑架发生的第二天,也就是周五晚上之前,他们不可能把埃文带到车站。当然,可能有一伙人和一个车队,但是这么多人来到乡村小屋会让邻居们议论纷纷。我猜他们只有两三个人,可能有两个,伪装成埃文的父母。"

克莱尔突然打断说:"好家伙,能把范围缩小一点吗?听着,你说过他们不会在天黑前把埃文带出去,但他们必须确保能赶上6点12分的火车,而他们知道有些路可能会被大雪堵住。即使道路畅通,他们能够一直往前开,天黑后出发并力争及时到达车站,他们也只有不到一个小时的驾驶时间。而在崇山峻岭、白雪皑皑的道路上平均每小时能开多少英里?二十五?最多三十,所以房子应该在朗波特方圆三十英里内。这看上去好像没什么帮助,但是想想那天晚上的情况,他们可能没办法只能下车,走了一段路后到了埃文遇难的地方,这样就缩短了距离范围。"

"是的。"奈杰尔说,"这是合理推断,我觉得可以继续推测。我们明天就能知道周五晚上哪些路堵了,但关键是,他们必须确保把埃文送上火车,否则家里会有两个孩子。他们不知道那天晚上有多少道路因暴风雪封堵,他们必须考虑到会绕路,在这种情况下,他们不能冒险在有限时间内完成三十英里的行程,但他们可以相当确定地完成一段短些的行程,比如说,十英里。"奈杰尔在地图上画了一个小圆圈,"我相信露西就在这个圈子里。"他没有加上这句话:"如果她还活着的话。"

"我可以说几句吗?"埃琳娜问道,"你认为埃文要到天黑才能被带出去,但他可能被藏在车子的后备厢,或藏在地毯里。他们可能会更早出发。"

"当然有可能,但是你看,在三十英里外,还有另外两个主线车站,那列火车就停在那里,但他们瞄准的是朗波特,朗波特一定是离藏身处最近的。这样可以大致确定十英里的半径范围。"

克莱尔说:"奈杰尔,但是警察不是搜查了那地区的每一栋房子吗?"

"他们找的是女孩,而不是男孩。我们提醒过他们,露西的外表可能改变。我们当时没考虑到绑架来的孩子会被伪装成一个真正存在的孩子。如果警察在村里搜查时看到了露西,她可能被下了药,他们会说她病了叫不醒,然后警察就毫不怀疑地走了,认为她是一直在那儿的小男孩。如果情况是这样,我不会感到惊讶。"

埃琳娜说:"我想,也许阿尔弗雷德此时就在那里。"

"你认为他们是开车把他接走的吗?"奈杰尔淡蓝色的眼睛坚定地注视着这个女人,"你知道他要去见他们吗?"

"他没跟我说太多,我觉得他不信任我。他为什么要这么做?"埃琳娜懊悔地补充道,"他只说了一件事,当时我们在谈论露西,他说,不管她活着还是死了,他很快就会知道。哦,对了,然后他问我,如果他给了绑匪他们想要的东西,我是否会鄙视他。"

"为了换取露西?他会这么做吗?"

"我不知道。他是个好人,一个坚强的人,他有时有点不近人情,也许这是他工作性质决定的,但是他非常爱露西。不,我不认为他会给他们任何东西,除非能保证露西还活着,看到他们让她离开,然后……"埃琳娜耸耸肩。

"所以他现在很有可能和露西在同一间房子里,或者很快就会在一起,如果通往那边的路没有堵住的话。"

"那么我们为什么还坐在这里?"她喊道,然后在房间里迈着大大的步子踱来踱去,像笼子里的动物,"警察必须立即开始再次搜查那片地区。难道要先得到伦敦某个官僚的许可?哦,你们这个国家动作太慢了。"

一个无权无势的女人竟如此专横,奈杰尔露出了苦笑。令人印象深刻的是,她的身躯就像在剧院里时那样,似乎膨胀了一大圈。

他耐心地说:"埃琳娜,我不能只按下按钮就开始整个行动。天黑了,到处都是积雪,天一亮,我就让斯巴克斯带他的人进去。如果露西还活着,既然你丈夫和他们在一起,他们肯定不会对她有任何伤害,他会拖延时间,也许还能给我们捎个口信。"

"但是他有致命危险!求你了!我已经给他带来这么多伤害,我无法忍受……"

"如果我们操之过急,他会有更大危险,露西也一样。"奈杰尔打断道,"如果抓他们的人发现我们紧跟其后,就会开枪打死他俩,然后逃跑。道路又被大雪封堵了,现在他们没法把露西和她父亲带去太远的地方。"

埃琳娜沉默了一会儿,然后果断地说:"很好,现在我要睡会儿,明早你带我去见警司,我会做好笔录。啊,钟声停止了。"

"现在是1963年。"克莱尔说,"祝好运。"

埃琳娜转向她,说:"祝阿尔弗雷德和露西好运。亲爱的,谢谢你的好意，能麻烦你再做一件事吗？请多坐一会儿，我无法忍受一人独处。"

这话说得很悲怆，让克莱尔热泪盈眶，但语气仍显现出高贵，像是女王在下命令。

奈杰尔离开了她们，告诉门外的便衣，必须看守好埃琳娜，然后他拨打斯巴克斯警司家的电话号码，立刻向他转达了埃琳娜透露的信息。

奈杰尔说："我们要找的是一栋房子，可能在朗波特方圆十英里内。那个雪堆中发现的男孩，在绑架前的几天就住在那里。那个男孩不是本地人，有两三个大人在照顾他，那几个大人可能也不是本地人，他们租了一间与世隔绝的安静小屋来度假。最重要的是，如果你找到那个地方，不要惊动里面的人。"

"我现在就去叫醒该死的每一个警察。"

"新年快乐，祝搜查顺利。"

接下来的两个小时，斯巴克斯把他的手下们从床上拖到电话旁。他先给朗波特那里打电话，然后从一个村子打到另一个村子，但都毫无结果。因为这天早上，埃加斯韦尔村的治安官伯特·哈德曼突发胸膜炎，去了贝尔卡斯特医院。

第十二章　纸飞镖屋

1月1日

尽管斯巴克斯警司打了一大通电话，但元旦那天他还是8点半就到了办公桌前，今天早上，始于上周的拥堵情况开始好转。斯巴克斯刚开始工作，贝尔维尤咖啡馆的老板就打来电话，报告说一名疑似拉格比教授的男子在咖啡馆遭到袭击，救护车正将他送往贝尔卡斯特综合医院。这起事故似乎没有目击者，但有一个来自伦敦的大个子在教授到达时跟他打过招呼，还交谈了一段时间。后来有人发现拉格比奄奄一息地躺在地上，大个子也消失得无影无踪。

斯巴克斯了解了大个子男人的有关情况，推测他可能是被派去联系拉格比的特工，在全国范围内活动。教授在提供信息后，遭到了这名特工的致命袭击，但为什么特工要杀害他？斯巴克斯现在没有时间多想，咖啡馆老板还告诉他，有三个在店里过夜的恶棍和士兵们之间发生了争斗。这三人很快被押送到了贝尔卡斯特警察局。

"看看你能从他们身上得到什么。"斯巴克斯警司对手下的探员说，"把你的羊皮手套放在口袋里。咖啡馆老板说，我们要找的那个大个子是他们的同伙。如果有什么事，你可以到医院找我。"

斯巴克斯赶到医院时，救护车也刚到，拉格比正在接受检查。斯巴克斯无视医院常用的拖延策略，径直走进一间私人病房，教授正躺在床上，两名医生和一名护士在床边。护士愤怒地看了斯巴克斯一眼，试图把他赶出去，但完全是徒劳。熟识的医生说："你好，斯巴克斯，来得真早。对我的病人感兴趣？他是谁？"

斯巴克斯告诉了他，医生轻轻地吹了一声口哨。

"他怎么样？"

"应该可以抢救过来。他体质还不错，这帮了他，但跟他搏斗的家伙像个大猩猩。我们对他进行了休克治疗，做了气管切开术。"

"医生，他什么时候能开口说话？"

"还不行，去看看吧。"

在拉格比苍白的脸上，雀斑像病斑一样突出，他的呼吸声像砂纸摩擦的噪音。

医生说："我们会告诉你的，等他……"

"对不起，我在这里等着。"

"听着，在这里我说了算，我的工作就是救活他。"

斯巴克斯把医生从房间里拉出来，和他小声交谈："拉格比可能向敌方特工泄露了至关重要的机密，当然还不确定。他可能知道他女儿被关在哪里，我得弄清楚，分秒必争啊！"

时间过得格外缓慢，斯巴克斯靠在墙上，盯着这个失去知觉的人，好像要把他肚子里的话挖出来。

终于，拉格比的眼皮动了动，睁开了，斯巴克斯赶紧向前一步，医生把他拦住："他不能说话，你可以问几个问题，让他点头或摇头，但不要急，等我告诉你再开始。"

两位医生围在床边忙碌着，斯巴克斯站在那里，烦躁不安。

"不要急着想说话，老伙计。"医生提醒道。其实也不需要提醒，因为拉格比虽然拼命想开口，却半句也说不清楚。

不一会儿，在医生的示意下，斯巴克斯站在了病人旁边："拉格比教授，认出我了吗？我是斯巴克斯警司。我有几个问题必须得问你，你不用说话，只需点头或摇头，明白吗？"

点头。

斯巴克斯对从咖啡馆消失的大个子进行了一番描述，问："他是你要见的敌方特工？"

点头。

"就是他要置你于死地？"

点头。

"你把他想要的秘密信息透露给他了吗？"

拉格比不顾身体虚弱，拼命地摇着头。医生用手指按着教授的脉搏，插话道："别激动，老伙计……好了，警司，继续吧。"

"这个特工写信给你安排会面事宜？"

点头。

"你妻子知道你要去赴约吗？"

摇头。

"教授，你的想法是和他做个交易？如果他带你去关押露西的地方，并放了她，你会给他们信息是吗？"

拉格比的脸上露出痛苦的表情，他想开口说话，却只能发出一点点声音。

"等一下，我知道我的问题让你为难。这样说吧，你计划让他带你去见露西，然后把露西放了，但其实你会拒绝透露机密，我这样说是不是好些？"

拉格比点点头。

"很好，先生。还有一个问题，在你和特工的交谈过程中，有没有得到任何线索，关于露西在哪里？"

点头，但是他脸上流露出难以言说的悲伤。

"哪里？对不起，是伦敦吗？"

摇头。

"就在本郡？"

拉格比微微耸了耸肩。

"西边某个地方？"斯巴克斯碰运气地问。

拉格比点点头。

这时，一直在旁边仔细观察的医生进行了干预："够了，够了，斯巴克斯先生，等他好些了我再给你打电话。"

警司离开了医院。他心想：可怜的家伙，如此接近和自己的女儿取得联系，却又失望而归。尽管如此，这证实了奈杰尔的推理，即露西在朗波特地区的某个地方。

回到车站后，警司得到了进一步的确认。押送三名恶棍的士兵说，他看到一个大个子，符合咖啡馆老板对敌方特工的描述，他上了一辆车，沿着主干道向西开去，那条路穿过朗波特。士兵没有注意那辆车的车牌号，但记得是一辆莫里斯-牛津牌汽车，黑色或深栗色，车轮上有行驶的痕迹和雪块。消息传到了警方的巡逻车，网开始收紧。

斯巴克斯手下的探员说，拘留的那三个人起初保持沉默，但最后其中一个招供了，承认在星期六受一名叫彼得斯的人雇佣。昨天，彼得斯让他们从伦敦开着货车过来，在咖啡馆和他碰头，说要让他们去办一桩小事，后面会告诉他们具体是什么事。他以前从未见过彼得斯，是中间人介绍的。

斯巴克斯清楚雇佣他们的目的：充当"彼得斯"的帮凶，用货车把露西——不管她是死是活——运送出对绑匪来说越来越危险的地区。他对探员说："指控他们恶意伤人，反正他们本来肯定会这么做。查他们的指纹，从苏格兰场[①]获取记录，我一会儿会亲自去看看。"

---

① 译者注：苏格兰场（Scotland Yard），英国首都伦敦警察厅的代称。

不过，令人困惑的问题仍然存在。为什么在搜索过程中，朗波特和地方警察都没有发现那个假埃文，也没有听说过住在同一房子里的真正的埃文？突然，斯巴克斯想起，埃加斯韦尔的治安官伯特·哈德曼不在岗位上，他正在医院里。埃加斯韦尔离朗波特只有几英里，那是一个偏僻的小村庄，位于荒野地带。哈德曼这人的脑瓜不是很好使，但是……

斯巴克斯立刻给医院打电话，要求和护士长本人通话。这位令人生畏的女士回答说，不行，现在不可能和病人交谈，伯特·哈德曼在病危名单上，神志不清。

斯巴克斯脸色沉重地把听筒放回原处，这时，电话突然又响了。

"我是斯巴克斯。"

电话那头传来奈杰尔的声音："我是斯特雷奇威，我知道她在哪里。我是说露西，如果她还在的话。"

"天哪！你是说……是在埃加斯韦尔吗？"

"我没这么说，但我已经了解到房子的情况以及从正面窗户能看到的景象。"

"你他妈到底在说什么？"

"露西写的信！信今早被送到这里了，也可以说是她扔出来的，盖的是朗波特邮戳。信一定来自附近的村庄，一个小村庄，有人捡到了，带到朗波特，盖上邮戳。"

"不过，斯特雷奇威……"

"别闲聊了，老伙计，浪费时间！"奈杰尔听起来非常狂躁，"我马上去开车，准备长途奔波。你联系熟悉那片区域的人，我们要找的是山坡上的一间偏僻小屋，附近有个农场。哥特式的窗户，前面视野广阔，左边不远处有一座圆锥形的小山，山上有一丛树木。这应该很简单，哦，对了，在其中一间卧室里，有一张大胡子绅士的照片。到时候见。"

还没等斯巴克斯告诉他已经找到教授，奈杰尔就挂了电话……

当天早餐时，邮车来到家庭旅馆。老板把信分给了其他客人，但把拉格比的信件放在大厅的桌子上，等了半个小时。克莱尔和埃琳娜正在后者的房间里吃早餐，奈杰尔等待着警司的电话，他告诉工作人员在哪里可以找到自己，然后走到车库。院子里的雪本就有一英尺深，夜里，更多雪堵住了车库大门，而他们要尽快把埃琳娜送到贝尔卡斯特。

奈杰尔找到一把铁锹，开始挖车库门外的雪。雪又硬又脆，像冰糖一样，他用铁锹把大块的雪挖开，车库门终于打开了。他启动雪铁龙，让发动机预热，然后熄火。车子进入车道微微上坡，在前轮牵引下，汽车后轮无法抓住地面，汽车向侧面倾斜，发动机熄火了。奈杰尔重新启动车子，将车开回到院子里，又花了十分钟挖出两条车道。轮胎转动起来，发动机带动车子上了斜坡，准备出发。

再次进入家庭旅馆，奈杰尔发现拉格比家的信在大厅桌子上，其中一封是写给教授的，用的是孩子气的大写字母字体。奈杰尔猜这应该是一封匿名信，也许是一些疯子写信骂教授没有照顾好自己的女儿。

他人的悲剧总是会引来一些毒舌、神经质或好管闲事者的污言秽语。

奈杰尔的最初冲动是要撕毁这封信,但他忍住了,拿着信上楼去。埃琳娜勉强吃了一点早餐,已穿好衣服。奈杰尔派便衣去拿他的早餐,克莱尔不耐烦地看了他一眼。

"还没有斯巴克斯的消息。"奈杰尔说,"埃琳娜,这些信是写给你丈夫的,我想亲自打开这一封。"

她冷漠地点点头。

奈杰尔盯着那张书写纸,他读道:

发现这张字条的人,请立刻寄给唐库姆家庭旅馆的英国皇家学会院士,阿尔弗雷德·拉格比教授。奖励五英镑。这是一个科学实验。

奈杰尔把信翻了过来,他看着信上的一行行字,变得紧张起来:"辛德斯是谁?"

"哦,那是露西以前的昵称。"埃琳娜说。

"我猜也是,这并不是骗局。看!"

两个女人围过来一起看。

第二章 我在哪里?

第二天早上,那个疯女人,辛德斯不得不叫她安妮阿姨,带她进了房子正面的一个房间。她让辛德斯看窗外,出于某种愚蠢的原因管她叫埃文。下面有一个叫吉姆的人,送了些牛奶过来。还有一个男人,可惜他站在门口，辛德斯只能看到他的头顶。辛德斯想：我猜他就住在这，可能是安妮的监护人。

吉姆向她挥手，她也向吉姆挥手。他穿着旧军大衣和长筒靴，戴着一顶红色的羊毛帽，帽子上顶着一个绒球。疯女人压低声音凶巴巴地说："你要是敢呼救，我就给你打针。"所以辛德斯不敢呼救。她小时候得过一场大病，那之后她就讨厌针头。

窗外的风景蔚为壮观，白雪覆盖的山丘就像汹涌的海浪冻在半空。靠左边的一座小山吸引了辛德斯的注意：山顶轮廓是圆形的，有四五棵树矗立在山顶。小屋坐落在一座小山的边上，往下走应该是个山谷。辛德斯敏锐的眼睛注意到窗子的右边不远处有座农舍，她想，牛奶就是从这里来的。她只能看到这座农舍，小屋的窗户顶部是拱形的，插着白色木条，把景色割开了。现在辛德斯看不到窗外了，因为疯女人叫她滚回自己的房间去。回房间的路上，辛德斯看到墙上挂着一张照片，里面留着胡子的男人像她父亲一样戴着帽子，穿着学士袍。

奈杰尔说："书写十分可得七分，结构十分可得十分。"他心中暗想：素材可得百分之两百分。

"信究竟是怎么到这里的？"克莱尔问。

"瞧，看到这些折痕了吗？她做了个纸飞镖，从窗户扔了出去。"

"但是……"

"我猜是有孩子捡到了，大人是不会注意的，然后看到有奖励就寄了出去。不幸的是，他们兴奋之余，忘了写下自己的地址，我们怎么知道把奖励寄到哪里去呢。"

"但是信封上有朗波特邮戳。"克莱尔说。

"快!"埃琳娜喊道,"我们马上去那儿!"

但是奈杰尔已经跑到楼下去给斯巴克斯打电话了。等电话时,他想起了信中的一个名字:"埃文"。他们称露西为"埃文",假装小屋里的仍是原来的埃文,毫无疑问,他们也叫那男孩埃文。

五分钟后,一行人从唐库姆急匆匆出发。克莱尔开车,奈杰尔坐在她旁边,那个便衣是从早餐桌上被拽来的,他和埃琳娜·拉格比一起坐在后面……

彼得罗夫沿着通往埃加斯韦尔的小路艰难前行。他脾气很糟糕,但也没有无缘无故暴怒,而是一直郁积着,直到能找到发泄的对象。两英里后,在一个转弯处,他的车撞上了雪堆,花了十分钟才把车开出来。他走过去,发现雪堆向前延伸有约十二米,有的地方高度超过他大腿。车里有一把铁锹,但挖通道路要花很长时间,长到无法忍受。此外,即使在这条僻静的路上,也可能会有其他司机出现,然后问一些让人尴尬的问题。

彼得罗夫挖出前轮,然后沿路往后倒车约一百米,有条小道通向一片树林。他又下了车,试了试这条小道。树下的雪并不是很厚,彼得罗夫沿着路继续往后倒,然后驶入一片树木遮挡的空地,这里不会引起任何路人的注意。

他在车里坐了几分钟,查看地图并调整计划。他绝不能让人看见自己出现在埃加斯韦尔,英国人给村庄起的名字多么古怪啊!这意味着要偏离主干道四分之一英里,然后从田野间穿过。他还必须避免被走私者小屋附近农场的人看到,这就要绕更远的路。

树枝随风而动,片片雪花飘落车顶,发出指尖轻轻敲击车门一样的声音。

彼得罗夫计算了时间和距离。现在距离杀害教授已经过去了大约五十分钟,他雇的打手很有可能一开始就受到怀疑。没有人阻止他离开咖啡馆,当然,迟早会有愚蠢的英国警察来调查,针对昨晚在咖啡馆和教授交谈很久的那个人,问一些相关问题,有关他的描述就会浮出水面。但是彼得罗夫计算了一下,至少还有几个小时可以周旋。

糟糕的是,他损失了三个帮手和一辆货车,他本来打算让他们把教授和他女儿带走,至于带走活人还是死尸,取决于教授能否爽快地说出机密。不过,还有保罗·坎宁安的车,反正他也用不上了。彼得罗夫想,可以把车开到树林里,把坎宁安和露西放下,自己再和安妮一起开车离开。或许没有时间把坎宁安和露西的尸体埋在树林里,但即使不埋葬,运气好的话,也可能几周甚至几个月都不会有人发现。

彼得罗夫下了车,锁上车门,拍了拍大衣口袋里的左轮手枪,毫不着调地吹着口哨继续赶路……

在走私者小屋,安妮和保罗怀着急切的心情等待他。他们昨晚从收音机里听到了拉格比失踪的消息,一直等到凌晨1点钟,等待彼得罗夫要么带着教授的机密,要么带着教授本人回来,这是星期天彼得罗夫用发报机向安妮传达的计划。可等待落空了,可能是出了什么问题，也许从见面地点到埃加斯韦尔的路现在被雪封住了。

他们还听说找到了埃文的尸体。安妮怒不可遏,保罗大吃一惊。今天早上她还在对他唠叨。

保罗说:"我要是有点理智的话,昨晚就走了。"

"可是你没走,因为你害怕自己挺不住,害怕被暴风雪困住并在暴风雪中死去,就像你留下的那个可怜的孩子一样。"

保罗心想,真是令人恼火,即使是最没有女人味的女人,也会表现出某些女性特征,比如喋喋不休、不知疲倦地表达自己的观点,一遍又一遍地重复,就像中国人说的"水滴石穿"。

他忍不住说:"你就像中国的'水刑'一样折磨人。"

"你把他放在离车站多远的地方?"

"我已经告诉你不下十次了,为什么还要问?就几百米,他一定是迷路了,在原地转来转去。我没有打算要害死他。"

"随你怎么说,反正你离开后,他死了,如果这么说能让你良心好受点的话。"

"好吧,看在上帝的分上,快走吧!还不明白吗?整个地区的警察会蜂拥而至,只要有机会,我们就必须离开。"

"我们要在这里等彼得罗夫过来,或等他给我们打电话。"

"彼得罗夫昨晚也会听到广播新闻,他会返回伦敦,这就是他还没来这里的原因。可怜的安妮,就像任何优秀的特工一样,他也受过培训,会自我保护,把孩子留给下属。"

面对挑衅,安妮·斯托特没有搭理,她在想他们绑架的孩子。安妮在一所艰苦的学校里长大,她欣赏坚韧和勇气,在过去的一两天里,自从露西试图逃跑以来,她开始尊重小女孩的这些品质。露西很少发牢骚,她一直在逗自己开心,在这种非正常的生活中自得其乐。

保罗也喜欢这孩子,但这只是因为她不给他添麻烦。他现在只想摆脱她,如果摆脱她又不会给自己带来麻烦,他一定会这么做。今晚,安妮睡着的时候,他打算用自己的车把露西偷运出去,放在某个村子里,然后开车离开,她可以去敲人家的门。除此之外,他什么也想不到。他现在的想法就像那些残忍的杀人犯事后的惯常反应,他们觉得,只要把手上的鲜血洗掉,所做的一切也会像噩梦一样消失。

楼上,露西把跳绳放回柜子里。在她尝试逃跑的第一天,只能用一只脚跳绳,但现在她扭伤的脚踝已经好多了,可以两只脚同时跳。她的父亲曾经告诉她,如果你是一名俘虏,尽可能保持身体健康很重要,只有这样,逃跑时机出现时才能获得更好的机会。爸爸之所以这么说,是因为他曾经是一名战俘,而且他就逃出来了。露西绝对相信他,知道他会来救她。现在的问题是要耐心等待和保持健康,这样如果和他一起逃跑,就不会成为累赘。爸爸还告诉过她,活得最好的战俘,是那些保持头脑清醒的人,坐在那胡思乱想没有任何用处。露西锻炼了一会儿,脸涨得通红。她拿出纸和铅笔,开始写下她能记得的所有动物,从字母 A 开始,然后,她又开始写以 L 开头的城镇名。她咬着铅笔头陷入沉思,两眼凝视窗外,突然间,难以置信的事情发生了。

在靠窗户外很近的峭壁上,冒出一个人头,然后是身体,最后是腿,站在那里像一尊雕像一样高大。露西第一次从这扇窗口看到活生生的东西。那个人停了一会儿，然后慢慢移动，消失在视线之外；他穿着靴子踩在雪地上，步履蹒跚，让露西想起了熊。他一定是安妮期待的那位朋友，有趣的是，他竟然以这种迂回的方式接近小屋，而不是沿着农场小路走过来。露西想，他可能是个匪徒，虽然他和保罗或安妮一样，看起来并不像是匪徒。当然，他也可能是便衣警察，在找自己。但是，这个庞然大物的出现把露西惊得目瞪口呆，都没想到去砰地敲一声窗户，以引起他的注意。

彼得罗夫踢掉靴子上的雪，从前门走进去。听到大厅里的脚步声，保罗就知道是彼得罗夫来了，安妮急忙出去迎接。保罗·坎宁安在炉火旁的椅子上缩了缩身子，他曾以为彼得罗夫不会来了，但外面的隆隆声是不会错的。

"你在这里倒一切安好，舒适惬意。"彼得罗夫站在炉火旁，晒着裤子，"我走了很长一段路，快饿死了。"

保罗站起来去拿食物，彼得罗夫那庞大的身躯让房间看起来显得矮小。

"不，不，坐下，先谈事，再谈食物。"

"你拿到了吗？"安妮急切地问。

"机密？没有。"

"但是拉格比不是和你在一起吗？"

"拉格比教授去见他祖先了。"

"我不……"

"我只能干掉他，他想跟我玩花招，我掐死了他。你觉得冷吗，坎宁安先生？"

"没有啊，怎么了？"

"我看你在发抖。"

保罗意识到彼得罗夫虽然外表冷静，但却怒火中烧，不由自主地颤抖起来。他舔了舔嘴唇，大胆地说道："所以我们就此罢休？"

"闭嘴！"彼得罗夫转向安妮，"你为什么不按照命令把男孩送回伦敦？他还在这房子里吗？"

"他死了，他的尸体昨天被发现了。你昨晚没听到广播新闻吗？"

"请解释一下。"

"坎宁安可以把一切都告诉你。"安妮恶狠狠地说。

"真的吗？那就说来听听。坎宁安，你很热吗？最好离火炉远点，你在流汗。"

"不是我的错！"保罗的声音变成了假声。

"有错没错我会判断，继续说。"

保罗讲述了穿越暴风雪的经历。在一脸威严的彼得罗夫面前，他脸面尽失，无地自容。

"我明白了，你吓丢了魂。"彼得罗夫的眼睛像野猪一样，虽然不大却很凶险，"选择你是我看走眼，必须及时止损。安妮，你把另一个孩子也弄丢了吗？"

"没有，当然没有。她在楼上，你可以听到她在蹦蹦跳跳。"

露西穿上鞋子后，正在蹦蹦跳跳，为的是万一来的真是警察，可以引起注意。大声喊叫她可不敢，毕竟她对打针有心理阴影。

213

"我希望你和她在一起的这段时间是开心度过的。"彼得罗夫说,"因为接下来已经没有这样的机会了。"

"你要带她走?"安妮不确定地问。

"我们都要马上离开,前往不同的目的地。"

"希望如此。"保罗咕哝道。

"坎宁安先生,正如诗人所言,希望永远在人心中涌动。不幸的是,你的拙劣表现让我不得不改变计划,男孩死亡会让警察联想到替换孩子的计谋。"

保罗谄媚地说:"本地警察来找露西的时候,我们成功地骗了他。"

"亲爱的先生,再也骗不了了,找到男孩尸体的消息曝光之后就欺骗不了了。"

"我们不用担心。"安妮说,"农场的吉姆告诉我,当时来调查的警察住院了,在病危名单上。"

彼得罗夫说:"你们这日子过得还真够戏剧化的。"

"教授真的死了吗?"她突然冒出一句。

"是的,亲爱的,我干掉的人就没有能活过来的。"彼得罗夫咧着嘴开起了玩笑,对保罗来说,这笑脸就像鳄鱼般狰狞,"没关系,安妮,你没有犯错,组织不会忘记你的。"他对保罗打着响指,"现在需要的是食物,快点,还有很多黑咖啡。"

旁边没人时,他坐下来和安妮·斯托特推心置腹:"如果有人打扰我们,告诉他我是埃文的父亲,来接他回家。你收拾好东西,拆掉发报机,把所有东西都放到坎宁安的车里。我的计划是,我们四个人开车去我停车的地方，在两英里外的树林里，我们不能等到天黑，半小时后就得动身。汽车能沿着道路开到村庄吗？"

"可以的，拖拉机把雪压平了。"

"好，我大部分时间都是沿着这条路走过来的。我们尽可能开到我停车的地方，然后坐上我的车，沿西边的主干道前行。我在普利茅斯有熟人，如果有必要，我们可以放弃汽车，改乘火车过去。"他使劲地搓着双手，"只要运气好点，我们能做到的。你有什么问题或更好的计划吗？"

"没有，但是我们不能带上……我们拿露西怎么办，还有保罗？"

"哦，那很简单，他们留在保罗的车里。"

"但是……"

"一开始我想把他们留在树林里，我的车就在那里，但是现在我有个更好的主意。出发前，我们喝点饯别酒，四个人都喝，你在其中的两个杯子里放入迷药。等我们到树林那边，他们两人已经昏睡了。我们让发动机保持运转，如有必要，就把排气管上的雪清除，排出的烟雾会让他们越发昏昏欲睡。雪肯定还会下，车可能会完全被雪覆盖。这条路荒无人烟，我走过来的时候，什么也没遇到。"

"我明白了。"

"这样做的好处是可以混淆踪迹，明白吗？失踪的孩子被发现死在一辆车里，绑匪试图带她离开此地，车里还有一个拆卸的发报机。只要警方找到了罪犯，他们对同伙就不会那么在意……你还有疑虑吗？"

安妮涨红了脸，垂下了眼睛："有必要害死他们吗？"

"担心什么呢？"彼得罗夫猛地把头转向厨房，"里面那个废物吗？他对任何人来说都无关紧要，他的懦弱和愚蠢破坏了我的计划。难道你迷上他了吗？"

"荒谬！我想的是露西，为什么要杀害她？"

"那你说我们拿她怎么办？把她锁在房间里挨饿？把她带走，客客气气地交给警察？这孩子知道的太多了，你也知道，计划里，孩子是可以牺牲掉的。"

安妮的内心发生了某种变化，这一切是如何发生的，她并不清楚。女性的直觉或感性并不是她的长处，这方面她从来没有什么可值得骄傲的，但她突然感觉到彼得罗夫的话里有虚假成分。他喜好杀戮，杀害一个小女孩会带给他快感。她开始对教授的死感到不解，只有让他活着，才能想办法让他说出秘密，而彼得罗夫竟然杀了他，不得不令人生疑。她看着他狼吞虎咽地吃着保罗拿来的食物，他说教授在见面的地方设下了陷阱，大概是警察，也可能是军队，而他为了逃命，掐死了教授。这令人难以想象，掐死一个人太慢了，如果情况危急，他可是有一支左轮手枪呢。

安妮问彼得罗夫，教授设下了什么陷阱，他的回答足以证实她的猜测。他甚至对那场搏斗吹嘘了一番，搏斗留下的伤痕在他身上还能看到。在安妮看来，是他想杀了露西，因为那场搏斗引起的愤怒和暴力让他意犹未尽。这是个人报复，彼得罗夫并不可靠。

在安妮所处的政治圈子里，不可靠是一种致命的罪恶。彼得罗夫是不可靠的，这让她觉得不必像往常一样服从上级指示。

"我得去把那台设备拆了。"她突然说道。

她悄悄地溜上楼，走进露西的房间，把手指放在嘴唇前，轻轻嘘了一声，说："我们很快就离开，穿上你能穿的所有衣服。走之前，我们要和刚来的朋友喝一杯。"

"我看见他了……"

"嘘！假装喝掉，然后悄悄倒掉，上车后过会儿就假装睡觉。"

"哦，我和你一起去吗？"

"是的，你要一直装睡，不要醒来，直到车停下，我们走了之后。"

"但我不……"

"答应我，露西！如果不照我说的做，你会很危险。"

"哦，好吧，我答应。"

"好姑娘。"安妮弯下腰，在她头顶上别扭地亲吻了一下。

她下楼时，彼得罗夫在楼梯下面，他怀疑地问："你在上面干什么？"

安妮说："设备在那下面的橱柜里，我很快就好。"

"你从来不拔插头吗？"彼得罗夫朝楼梯走了一两步。

"我正忙着呢。马上就出发了，你不去看看保罗有没有预热发动机吗？"

"说得对。"

"不要让他离开你的视线，否则他会开车离开的。"

"没问题。"他愉快地回答道。

217

彼得罗夫到达走私者小屋的半小时前，奈杰尔和他的同伴们正在贝尔卡斯特，他们坐在斯巴克斯警司的办公室里。

埃琳娜·拉格比不知道斯巴克斯早餐后做了多少事，显然对他的深思熟虑感到不耐烦。"你找到露西说的那房子了吗？"

"是的，我们还找到了你的丈夫。"

埃琳娜脸色发白："哦，太好了，他来了吗？"

"他在医院，身受重伤，非常危险，但医生认为他能挺过去。"

"哦，谢天谢地！我可以去见他吗？算了，还是等等，必须先救出露西。"

"我必须提醒你，拉格比夫人，你被捕了。让你来这里，是要做个笔录。"

"是的，是的，马上就做，但是还有更重要的事情要处理。"

斯巴克斯被这个白发女人的傲慢态度暗暗逗乐了，他对她留下了深刻印象，但还是生硬地回答说："这得由我来判断，夫人。"

她在膝盖上拍了一下："唉，你们英国人总喜欢墨守成规，难道你没有意识到露西正处于危险之中吗？"

"最初是你把她置于险境的。"斯巴克斯咄咄逼人地说，"你也要对你丈夫的危险境地负责，他遭到特工袭击，差点丧命。"

埃琳娜双手抱头，哽咽地喃喃自语："那个特工……现在在哪里？"

"有人最后一次看到他驾车向西朝朗波特方向驶去。你的继女被关在南边几英里处的一栋房子里，在埃加斯韦尔上方的山坡上。"

"他是要去杀害她，我知道，我有预感！"

218

埃琳娜激动而又真诚的神态打动了斯巴克斯的心,他说:"是有可能。"

"那你为什么还坐在这里无动于衷?"她哭喊道,"她可能已经死了,你知道吗?"

"冷静点,夫人,我们也知道。几分钟后我就去。"

"我和你一起去。"

"恐怕不行。"

看到埃琳娜恳求的眼神,奈杰尔插话说:"等一下,斯巴克斯先生,你把那地方包围了吗?"

"还没有,我们正在对那个村庄进行调查。"

斯巴克斯警司用铅笔指着他桌上摊开的大地图,说:"这是村庄,走私者小屋就在山上,这就是露西提到的农场。如果袭击拉格比教授的人试图进入小屋,他会沿着这条路行驶,在村庄边缘,我们的巡逻车会拦截住他。"

奈杰尔问:"假如他步行穿过去呢?"

"我无法预测所有可能发生的情况,我手上又没有军队可供调兵遣将。"斯巴克斯气呼呼地说,"巡逻车里的警员派了人去斯韦特的农场,从那里监视小屋。"

奈杰尔说:"没关系,在我们进去之前,最不希望的就是绑匪意识到我们已经盯上他们。关键是,这个特工是个杀手,如果他去了小屋,然后发现自己被包围,出于本能,他会杀死露西,然后和其他人一起冲出去。"

"他跑不掉的。"

"也许吧，但是……"

"看，要从埃加斯韦尔开车到两条主干道，必须向北或向南行驶。我到达村子的时候，会让扫雪车在这两条路上清扫，这两条路离主干道不远，就在这里。"

"你要为逃犯扫清道路吗？"

"我们会把雪推到路上，人造雪堆，这障碍物比任何巡逻车都要好，而且我车里的人并没有带武器。"

"谁说我们的警察不足智多谋？问题是，我们如何在那个特工和同伙杀死人质之前进入小屋并抓住他们，我们需要出其不意之策。"

"出其不意？恐怕不可能。"

"哦，有个人他们不会怀疑。"

"我不明白你的意思。"

"我明白。"埃琳娜说，"你是说我吗？"

"是的。"

"但是拉格比夫人被捕了，她不可能去啊。"

"让这些条条框框见鬼去吧，亲爱的伙计，让她一个人到小屋去，设法转移他们的注意力，尽量多纠缠一会儿，掩护我们进去。"

"嗯,也算是个办法。"斯巴克斯说得有点勉强,"可是她去那边后，该怎样解释才不会引起怀疑呢？"

埃琳娜说："我给他们看露西写的信，告诉他们我今天早上收到后马上就赶来了。我会假装自己仍然和他们是一伙，过来是为了提醒他们。"

"我认为你应该让她去。"克莱尔说,"她想做些补偿,你看不出来吗?"

斯巴克斯沉思片刻,果断地站了起来,说:"出发。"

第十三章　全面包围

1月1日

克莱尔·马辛格驾驶雪铁龙紧跟着两辆警车，行驶在雪地上。后座上，埃琳娜咬着自己的指甲，迪肯警员默默地祈祷着。道路上白雪皑皑，行驶至一拐角处，克莱尔吓得毛骨悚然，但还是控制住了刹车。在她旁边，奈杰尔在研究一张大地图，还有四英里就到埃加斯韦尔了。

他们要从南面进入，也就是彼得罗夫进村的对面。他们沿着弯弯曲曲的公路狂奔，左边是大海。前面的警车停了一会儿，斯巴克斯和黄色扫雪车的司机说了几句，然后，他们离开目前行驶的道路，向正北方向拐去，进入通往村庄的小道。三辆车通过后，扫雪车开始铲雪。

奈杰尔仔细看了看地图，用红墨水圈出走私者小屋，它位于埃加斯韦尔东边半山腰，一条弯弯曲曲的虚线代表了连接小屋、农场和村庄的那条小道。奈杰尔正试着根据这条线计算，在这条小道上他们能行驶多远而不被小屋里的人发现，估计有三四百米。

"警方怎么确定是这里的？"他转过身问迪肯警员。

"这不难，先生。我出生在埃加斯韦尔，根据你在电话里的描述，小女孩提到的二楼的拱形窗户、圆锥形的小山上有一丛树林等等，我立刻认出了那栋小屋。看到了吗？我们一会儿就绕过去。我的天哪！"他脱口而出，汽车侧倾打滑，撞到下面的雪堆。

克莱尔踩了一下油门，汽车直冲而起，重新上路。

奈杰尔问："小屋的主人是谁？"

"一位牛津的绅士，我想他现在也不经常住，要么夏天来住一两个星期，要么借给朋友或出租。那地方太偏僻，不是我心目中理想的度假地。他们说曾经有走私者住过这小屋，可能是两百年前吧，走私者们用大车把东西从海上运来，储存在地窖里，等到风平浪静时再分赃。"

"我觉得，从战略上说，这座小屋位置很好。"

"是的，先生，如果需要的话，这里用作炮台位置不错，不过我从未听说这里发生过任何战斗。"

"有人能从后山爬过来吗？"

"步行的话可以，这取决于雪的深度。可能的话，警司会派几个同事到那边去，以防他们逃到山上。不过他们要真这么干，那可就太他妈的蠢了……抱歉，夫人。"

"哦，快点，快点！"埃琳娜叽叽咕咕，长长的手指一直在扭动着。他们已经过了圆锥形小山，正驾车穿过高低起伏的破败村落，左边是一片片白雪覆盖的灌木丛、树林和荆棘丛，另一边是微微隆起的农场。

"那是汤姆·布洛杰特的肥堆，只有一英里了，天哪！"迪肯警员说。

绕过一个拐角，克莱尔看见前面三十米处停着一辆警车，如果她急刹车，肯定会打滑或撞上去。车道狭窄，根本无法通过，她做了一个赛车式的动作，松开油门，轻点刹车，雪铁龙放慢速度，像是撞上了一堵羽毛墙。克莱尔换成低挡，在警车后面六米处停下来，大家都跳下车。

奈杰尔下车后向前跑去。原来一辆重型货车堵住了前方的路，警司的车无法前行，斯巴克斯和货车司机正在激烈争吵。

"你他妈以为你是谁？赛车手斯特林·莫斯？[①]"司机在驾驶室喊道。

"少废话，别挡路！我们在执行紧急任务。"

"你要我顶着这该死的雪堆行驶一英里？用脑子想想。"

"没错，伙计，等我们搜完你的车后。打开车后门，看仔细点。"

司机抱怨着下了车，打开了货车的后车厢。

斯巴克斯爬了进去。

---

① 斯特林·莫斯（Stirling Moss，1929年-2020年），英国一级方程式赛车传奇人物。

224

"他在找什么？赃物？"

"是的。"斯巴克斯从里面喊道。

"简直是人格侮辱。"司机说道，"等着我老板来收拾你们吧。"

"没问题。"斯巴克斯跳出来说，"现在把你这破车往后倒，我们要过去。"

"猪脑子。"那人咕哝着爬上驾驶座。

货车很高，除非司机打开车门，把头伸出去，否则看不到后面。他费了不少工夫，一开始，车后轮快速转动，却抓不住地面，只是把雪地打磨得更硬、更滑。八名警察费了九牛二虎之力，才把沉重的货车从这块冰面上推开。司机像一只受伤的蜗牛一样慢慢地倒车，开了大约三十米，路上又遇到一个急转弯。在弯道处，不知是因为注意力不够集中，还是因为路况太差，司机离左边沟渠太远，看不见右边，导致后轮陷入右边沟渠。只听一声闷响，车往右侧倾斜，后轴断裂。通往埃加斯韦尔的路现在彻底堵住了，无法修复。

在走私者小屋的车库里，保罗·坎宁安试图发动汽车。彼得罗夫大发雷霆，他五分钟前就把行李放在后车厢里了，但是点火器打不着，发动机没有任何启动的迹象，甚至连一点吱吱声都没有。

"你上次启动这破车是什么时候？"彼得罗夫愤怒地问道。

"哦，一两天前，那时一切正常。"

"不是告诉你要每天预热发动机吗？"

话音未落，发动机发出一阵当啷声，彼得罗夫坐进驾驶座，把保罗推到一边："你看，你把发动机给堵住了，蠢货。"

"好吧，你他妈自己动手吧。"保罗生气地嘀咕道。

"不要那样和我说话。打开发动机罩，得清洗火花塞。"

"我不知道该怎么做。"保罗支吾道。

"你好像除了和女朋友上床，什么都不会。"

"听着！我……"

"闭嘴，告诉我工具箱在哪，我记得应该有一套扳手，是不是和你的猪脑子一起弄丢了？"

保罗把工具箱递给他，打开了发动机罩。彼得罗夫低头看着发动机，开始拆电线。保罗偷偷地从地上的工具箱里拿出一把大扳手，他对这个冷酷的大个子恨之入骨，在他粗大的脖子后面比画了个位置，举起扳手就要砸下去。

说时迟那时快，保罗转眼被撞到车库墙上，一只有力的手抓住了他的衣领，另一只手狠狠地扇了他三个耳光。保罗靠在墙上，颧骨已断裂，身体扭成一团，不停地呻吟。

彼得罗夫甚至懒得抬头，他把火花塞一一取下清理干净，动作不慌不忙，嘴里还吹着口哨，好像可以用整个上午处理这件事。他不时从车库门里小心地往外看一眼，没有人沿着道路行驶，只有一个男人开着拖拉机从农场向村子驶去。巨大的冰柱像一把破梳子，挂在车库的屋檐上。

五分钟后，火花塞换好了，彼得罗夫发动车子，引擎终于转动起来。他预热了几分钟，仪表显示油箱里还有四分之三的油。他熄火下车，检查后轮上的链条，很牢固。接着，他仔细察看靠墙坐着的保罗，抚摸着他的脸颊,想着是否要当场了结了他。最后,他还是打开车后门,把保罗扔进车里。

"待着别动。很快就好。"

年轻人完全被吓住了,面带苦笑点点头。彼得罗夫拿起点火钥匙,向小屋走去……

"路堵得严严实实。"奈杰尔回到雪铁龙车旁说。

"我们现在该怎么办?"克莱尔问。

"剩下的路,斯巴克斯的那帮人会步行,我们最好也这样。对了,等一下。"他转向迪肯警员,"你很了解这片区域,能从田野穿越吗?"

"步行?可以,先生,但是……"

"不,开车。从那道门过去,可以越过田野,回到堵点前面的路上吗?"

"从来没试过。"

克莱尔说:"我这车,除非遇到大河或高楼,就没有它翻越不过去的。"

迪肯警员眼睛一亮,说:"我在想,有几片田地,还有老汤姆的院子那边,不知我们能否过得去。"

"没问题,上来吧。"奈杰尔喊道,"嘿,斯巴克斯!我们要试着从这道门过去,请打开它好吗?"

警司沿着公路回来了:"你疯了吧。"

"风暴把山坡上的很多雪吹到了车道上,田野里的雪不会太深的。"

斯巴克斯把农场的大门推开，克莱尔把仪表盘下面的杠杆拉到最上面，底盘升起。一分钟后，雪铁龙车身抬高，乘客感觉好像坐在大象驮轿里，然后朝沟边冲过去，雪不算深，车顺势进入了田野。

"等一下，我们也来。"斯巴克斯在路上对伙伴吼道。于是一组人步行去村庄，另一组在他命令下，倒车后跟上了雪铁龙。

迪肯警员现在坐在克莱尔旁边，他记忆力很好，就像是有一只X光眼。他说："顺着车辙走，女士。"

"什么车辙？"

"斜穿过田地，从前方拐角处大门过去。"

他们挂着低挡在农场上颠簸。"哦是的，有一扇大门，斯巴克斯从后面跳下来，打开了它。"

"现在你可以看到老汤姆的农场了。前方有篱笆，从烟囱正下方的树篱过去，那边还有一扇门。"

斯巴克斯刚要重新上车，回头一看，警车被卡在农场中央，虽然一直沿着车辙行驶，但由于底盘低，警车被雪铁龙压出的隆起卡住了。

他对伙伴们喊道："车要是走不了就步行。"

克莱尔来到树篱开口处，门打开了，她开着车穿过去。车子像病人一样摇摇晃晃，雪地上的车辙和马蹄印已经硬化，车可以在上面行驶。

"绕过农舍拐角，女士，挨着院子边上走。那是汤姆家的肥堆，从这边你就可以上路了，再过五十米就可以回到主干道。"。

他们经过农舍时，惊动了一群母鸡和鹅，还有五只小猪被吓得在前面飞奔。这时，有个老头又惊又怒，脸涨得通红，气得说不出话来，看起来他像是要用干草叉猛戳汽车，然后把车推进散发着刺鼻气味的肥堆。

他张大嘴终于挤出一句话："你们他妈的在这里干什么？滚出我的地盘！"

迪肯警员把头伸出窗外："早上好，汤姆，抱歉打扰了。我们没办法，只能从这边绕着走，例行公事。"

"好家伙！小迪肯是吗？好久没见到你了。"老头放下干草叉，朝汽车走去，"那位年轻的小姐是谁？"

"我的司机，车上满载贵宾，后面还有斯巴克斯警司。"

老头站在引擎盖前，试图在气势上把控住这次非同寻常的来访。

"我们很急，汤姆，不能停。继续开，女士。"

克莱尔把车挂上挡，朝老头的方向开过去，最后一刻，他还是让路了，退到肥堆边。车从他身边经过时，迪肯警员兴奋地把头伸出窗外说："再见，汤姆，我们要去轰炸掉走私者小屋。"

"胡说八道。"几分钟后，老头回到屋里对妻子说，"小迪肯的车里又没有大炮。"不过这时候，雪铁龙已经进入了埃加斯韦尔。

"那辆该死的巡逻车在哪里？"斯巴克斯问道。

"远处村子那头，先生，你让伊蒂科特在那儿等着呢。"

斯巴克斯急忙沿路去找巡逻车。

村里商店外面停着一辆大型拖拉机，发动机在隆隆作响。奈杰尔他们开近时，司机从商店里走出来，他穿着旧军大衣和长筒靴，戴着一顶红色针织帽。

"站住!"奈杰尔命令道。

克莱尔让雪铁龙笔直滑行了一段距离,然后在离拖拉机几英尺的地方停了下来。迪肯警员转移目光,脸色变得苍白。

"是吉姆吗?"奈杰尔跳出来问道。

"没错。"

"我们想要借用你的拖拉机。"

吉姆说:"可以借你,但你们找不到她的。"他警惕地看着这个又高又瘦的疯子。

迪肯警员下了车,很快就做出了解释:是的,吉姆就是露西描述的那个人,他在斯韦特先生的农场工作,他已经有一两天没在走私者小屋见过那孩子了。听到这个消息,奈杰尔的心沉了下去,他赶紧告诉吉姆,露西是如何替换男孩"埃文"的。吉姆告诉他,这个所谓的男孩前几天晚上跑进了他雇主的农场,却被"舅舅"和"阿姨"带了回去,他们说他神志不清。

"是你捡起了从窗户扔出的纸飞镖。"

"没错。"

"然后寄出去了?"

"不,先生,我塞进口袋,然后就没想这事了。我家的孩子拿出来玩,他们肯定是看到上面写的内容就寄出去了,没跟我和孩子妈妈说。"

"他们想得到五英镑的奖励。"

这时,村里的妇女和孩子都站在村舍门口,隐约感到有大事发生。

一辆警车在村里停了两个小时,车上坐满了表情严肃、神秘兮兮的人物,这已经够轰动了,现在又看见一位穿黑大衣、头戴毡帽、身材魁梧的男人噔噔噔地走在街上。

谣言像是长了翅膀,各种离奇的传闻在村里传开:吉姆因谋杀雇主而被捕,乡绅和四个漂亮的俄国间谍在一次聚会上被当场抓住等等。

"斯巴克斯,吉姆答应开拖拉机带我们去农场。"奈杰尔说。

警司喘着粗气,盯着他,然后明白过来:"太好了,如果对方在监视,唯一不会受到怀疑的就是这辆车。"

吉姆爬上驾驶座,奈杰尔从后面上了车。斯巴克斯急匆匆地向迪肯警员发出一连串指示,告诉他增援队伍到达后该做什么,然后爬上来,拉着埃琳娜·拉格比的手,把她拽到拖拉机后面的狭窄平台上,这地方已经放满了铁柱、绞车、两盏油灯、几个装牛奶的容器,以及其他各种固定装置和货物。

警司说:"只有站的地方。"

吉姆爬上驾驶座,奈杰尔低头看着克莱尔说:"你就待在这里,不会太久的。"他的喊声盖过了发动机的隆隆声。

克莱尔的嘴唇做出"祝你好运"的口型。她带着奈杰尔熟悉的那种神秘迷人的狡黠神情,他有点怀疑,她是否真的会留在这里,但没有时间去追究。

大拖拉机在街上行驶,看上去整个埃加斯韦尔的村民都跟在后面。

"奇特的保镖。"奈杰尔说。

斯巴克斯向他们做了个手势,就像拍打一团苍蝇,得到的回应是一哄而散。

"你可以尝试发表演讲。"

"呸！"

一百米外，巡逻车上的警察拦住游行队伍，以便拖拉机通过，警察们在马路对面排成一行，把村民们赶回屋子里。吉姆立刻向右急转弯，拐向通往农场的小路。

在车上和村子里都可以躲避风雪，现在，他们站在高高的拖拉机上，没有任何东西遮挡，感觉东北风就像猛兽一样撕咬着脸颊。拖拉机缓慢上坡，巨大的轮胎在冰块上行走，时而偏离时而陷入车辙中，拖拉机像海浪中的小船一样摇摇晃晃。

奈杰尔的脚卡在两个铁制固定装置之间，很不舒服，他用胳膊搂住埃琳娜，让她能站得稳当一些。他能感觉到她的身体在颤抖，她脸色惨白，表情凝重，紧紧抓住他的手，戒指扎着他的手指。"要是她还活着就好了……"埃琳娜不停地喃喃自语，像在祈祷。

走到一半时，奈杰尔说："希望我们不会引人注目。"

前方荒凉的天际线上，一座小屋隐隐约约显现。乘客们在司机魁梧的身躯后尽量弯下腰，如果有人注意的话，看到的也是吉姆开着拖拉机回到农场的熟悉画面。

吉姆向右拐进了农场院子，停在一座建筑后面，因为受到遮挡，从走私者小屋看不到他们。他们下了车，匆匆走进农舍，正遇到奉命监视小屋的警员。

"有什么动静吗？"斯巴克斯问道。

"没有，先生，不过你来得正是时候。十五到二十分钟前，有个大个子，我想就是你描述的那个人，他和另一名男子一起出来了。他们走进车库，可能车子启动不了，大个子刚又回到房子里，另一个人肯定还在车库或车里。"

"很好，除了这两个人，还看到其他人了吗？"

"没有，先生。"

"没有孩子的踪迹吗？"

"恐怕没有，先生。"

"好的，回岗位上去。"

警员跑上楼。

斯巴克斯转向奈杰尔，说："看来他们还没有怀疑什么，增援队伍到来之前我们不要轻举妄动，大概还要十分钟。不知道小屋里有多少人，只知道他们随时会逃跑。如果孩子还活着……"

奈杰尔说："孩子还活着，我们必须根据这一假设采取行动。"

"对，他们会带她一起走，走不了多远，但我不敢冒险让她陷入枪战。另一方面，如果他们知道我们在逼近，我担心她的生命安全。"斯巴克斯转向埃琳娜，"拉格比太太，现在全靠你了，想办法多聊一会儿，尽量让他们远离窗户，我们很快就会来找你的……"

"别担心，我懂的。"

斯巴克斯犹豫了一会儿，然后握了握埃琳娜的手，祝她好运，放她离开。

他们从卧室的窗户望着她步履蹒跚地走上小路，敲着小屋的门……

"去开门吧。"彼得罗夫命令安妮,"我必须躲在别人看不见的地方。"他没有看见那个女人的身影从客厅窗口走过,安妮看见了,她以为是村里有人来打听埃文的健康情况。她打开门,来客说:"早上好,我来是想问……"安妮傲慢地打断她:"哦,谢谢关心。埃文已经好多了。他父亲要带他回伦敦,我们要出发了,恐怕我得问一下……"

安妮的声音越来越小,因为来访者苍白的脸僵住了,表情如此可怕,如此凶狠,简直就像美杜莎在与她对峙。

"埃文的父亲?埃文的父亲已经去世多年了。我是埃文的母亲。"

安妮一脸困惑地盯着她。彼得罗夫从未告诉过她男孩的确切身世,但她现在认出了来访者的声音,是从家庭旅馆给她打电话的那个女人的声音——拉格比太太。

安妮试图关上门,但埃琳娜把她推到一边,走进大厅:"我是来找露西的,她在哪里?"

安妮的脸变得更加苍白,还没等她开口说话,埃琳娜就猛地推开门,比她在舞台上的任何表演都更为夸张,更有气势。

"原来是你。"她对彼得罗夫说。

"拉格比太太,你到底是怎么到这里来的?"

埃琳娜走到靠窗的座位,心想:谢天谢地,只有一扇窗户。她坐下说:"我开车到村子里,打听到这栋房子,然后走路上来的。"

"你是怎么知道这栋房子的?"彼得罗夫的声音柔和而低沉。

埃琳娜解释了露西设法传递出去的那张字条:"我今天早上收到

了这封信，是寄给我丈夫的，我打开了。"

"你打开了？"

"我丈夫住院了，他没法打开。"

"住院？"

"你想害死他，很遗憾地告诉你，并没有得逞。"埃琳娜冷冷地平静地说，她轻蔑地瞥了彼得罗夫一眼，"不必如此惊慌，他仍然不省人事，什么也没跟警察讲。我不明白的是，你从他那里得到信息后，为什么还要杀害他。"

彼得罗夫小小的野猪般的眼睛盯着她，最后他说："关你屁事。你一定把露西的这封信告诉警方了吧？"

"告诉他们？我吗？"埃琳娜的声音疲惫又恼火，但她很克制，没有让人听出她的愤怒，"你到底要我怎么样？我自己深陷其中，没办法去报警。"

"那你一个人怎么找到这里的？"

"信封上有朗波特的邮戳。我记得去年我丈夫和我开车在这里转悠的时候，我看到过一栋小屋，就像露西描述的那样。"

"好吧，继续。"

"今天早上我获准去贝尔卡斯特，我说我想去医院看我丈夫。他们不让我去，他伤得太重了，然后我就开车过来了。"

"警察会跟踪你，这样太愚蠢，愚蠢之极。"

"我很确定身后没有警车，我已经习惯摆脱阴影——过去的阴影。"

"在你试图背叛政府的时候。"

埃琳娜耸耸肩："我已经为此付出了足够的代价，不是吗？"

"你可能还得付出更多。我还要问的是，你来这里干什么？痛快点，我们得上车了。"

埃琳娜伸手去拿旁边的手提包，彼得罗夫扑了过去，非常敏捷地从她手里夺过来，打开包，把里面的东西抖落在地上。

"没有左轮手枪，你真是神经质，可怜的彼得罗夫。"埃琳娜同情地说，"也许你该把大衣脱了，如英国人所言，你已'汗流浃背'。"

"回答我的问题。"

"我到这儿来干什么？我倒是要先问你两个问题。首先，露西在哪里？她还活着吗？"埃琳娜在问第二句时故意提高嗓门。露西在楼上隐约听见他们的声音，听出来是继母的声音，过去一周的经历教会了她谨慎行事，她抑制住想大声叫喊的冲动，伸手去拿跳绳。

"露西？"安妮喃喃自语，她一直全神贯注地听着，"哦，她已经不在这里了，她昨晚被转移去了别处，她试图逃跑，我们想……"

"闭嘴！"彼得罗夫说。

头顶某处传来轻微的蹦跳声。

"第一个问题的答案已经很清楚。"埃琳娜说。她面无表情，脸上丝毫没有流露出内心的喜悦之情：露西在这里，而且还活着，无论如何，必须让她活着出去。时间，时间，为时间而战。她甚至不敢看一眼窗外，看警察是否正在逼近。

她问道："我的第二个问题是，你为什么要杀害埃文？"

"我没有杀害埃文。"

埃琳娜看了他一眼,除了彼得罗夫,任何人都会害怕这目光:"你已经够卑鄙了,再编造谎言也是徒劳。"

"安妮,我们必须在五分钟内出发,给我们拿杯喝的,给拉格比太太也拿一份来。"安妮出去后,彼得罗夫转向埃琳娜,"埃文的死是个失误。我非常后悔。"

"你后悔!"她厉声呵斥道。

"是的,一个愚蠢的年轻人帮安妮办这件事,带埃文去车站。当时好像下了一场暴风雪,汽车在离朗波特不远的地方陷入雪坑,这个傻瓜脑子进水,最后一段路他让埃文独自行走。"

埃琳娜的脸像大理石般苍白而僵硬,看不出丝毫情感波动。

"我们有约定。"她平静地说,"我帮助你,作为回报,你要把埃文交给我,让我们安全地回到自己的国家。我知道自己太傻,居然相信你这样的人。"她用匈牙利语加了两个字,这让彼得罗夫眼中迸发出愤怒的火花。

他愤愤道:"我本来是要遵守约定的。"。

"你没有遵守约定。我为什么要相信你的鬼话?你对真相一无所知,你撒谎成性,都不记得什么是真相了,我深表同情。"

"你对自己丈夫撒的谎呢?还跟我说撒谎,你这个背叛丈夫和女儿的女人!"

"我也很难过。"埃琳娜的声音变得断断续续,充满了恳求,"我已经没有什么活下去的理由了,所以我跟你做个交易。放了露西,你想怎么处置我都行,杀了我,让我做你的情妇,什么都行。"。

"好了好了，我为什么要你这样瘦骨嶙峋的老婊子做情妇？"

"没关系，你喜欢杀人，不是吗？彼得罗夫，也许你以前从未杀过女人，那会非常过瘾，而且我对你也造不成什么威胁。"

这番话埃琳娜用最激动、最强烈的声音说出来，彼得罗夫感到不安，他们的相遇像是一种他无法应对的幻象。这个女人肯定得处理掉，可是，一想到她竟怂恿他这样做，他立刻感到万分不安。他的第一反应是，她手里肯定有张王牌可以一招致命。他走到窗前，把她推到一边，往右看去，农场和以往一样宁静。

安妮端着一盘饮料走了进来，托盘上有白兰地、苏打水和一杯柠檬水。他们默默对视了一眼，安妮微微点头，向彼得罗夫示意，柠檬水和其中一杯白兰地是掺了药的。

她问："保罗在哪里？"

"在外面等着。"

彼得罗夫把安妮示意的白兰地酒杯递给了埃琳娜。他的思维又恢复了敏捷和动物般的狡猾。让她喝下掺药的白兰地，他们得在车里给她腾出地方，她让他杀了她，很好，她也应该像他为保罗和露西安排的那样死去。

"干杯。"他举起酒杯说，"来吧，拉格比太太，喝吧，你肯定很冷，我们也还有事情。"

"我不会和猪一起喝酒。我跟你的交易，你接受吗？"

彼得罗夫瞪着她，最后只得命令安妮："把孩子带来……"

五分钟前，全副武装的警察们终于从车子被困的地方赶到了埃加斯韦尔。斯巴克斯让迪肯警员等一等他们,现在,迪肯派了两个人绕道从后面接近走私者小屋,防止任何人从那条路逃跑,其余的人由他带路上山。

他们走在小路右边的山坡上,农舍挡在他们和走私者小屋之间。六个全副武装的警察气喘吁吁地跑完一英里路,迪肯想起少年时代调皮捣蛋的时候,他记得这一带地面上的每个坑洼,树篱上的每个缝隙。他们默默地穿过农场大门,从侧边进入。

"警司在楼上。"斯韦特先生说,"我带你去。"

"一切正常,先生。"迪肯警员说,"我已经让两个人绕到后面去了,应该在三四分钟内能就位。"

"好家伙,我想让两个枪法最好的人拿着步枪上来,就哈福德和布莱特吧。如果那个大块头想逃跑,他们可以干掉他。"

迪肯跑下楼,把两个人带上来。

"你们好!"斯巴克斯一边说一边从窗户往外看,"有个家伙从车库里出来了,是另一个男的?他有点摇摇晃晃的。"

保罗·坎宁安的身影走进前门,消失了。

斯巴克斯说:"好了,其余的人跟我走。"他跑下楼,奈杰尔和迪肯跟在后面。斯巴克斯对大家说:"我们要冲进去,希望迪肯派去的人就位了。你们谁想要功勋章?"

警察们疑惑地咧嘴一笑。

斯巴克斯说:"你们今天或许就能得到一个。屋里有个杀手,可能还不止一个,我们必须在他伤害小女孩之前抓住他们。小屋的这一侧没有窗户，我们往前移动，除非有人从前面的窗户侧过身子观察，否则没人能看到我们。我们走出农场，穿过小路，沿着左边的草地往山上走。快到小屋处有个车库，等我们到了，再简单商量下一步的行动。现在把这个穿上。"

斯巴克斯把他从斯韦特先生那里借来的四件送奶工的工作服发给了他们："在雪地里穿这个不太会引人注目，把武器藏在衣服下面。"他退后一步看看效果，"天啊，看看你们，他们会把你们当成板球裁判！"

这帮家伙都笑了。迪肯抗议道："我呢，先生？"

"你可以在这里设立急救站。"

这帮家伙又笑了。

"你自己没有工作服吗，先生？"

"别大惊小怪，迪肯小子。我要在后面指挥这帮家伙，我们走吧。"

安妮·斯托特把露西推进房间。有那么一会儿，埃琳娜认不出她了，露西没有看到埃琳娜，她背对着窗户坐着，窗外的雪景让孩子眼花缭乱。

"你好，亲爱的。"埃琳娜温柔地说，"他们对你做了什么？"

露西睁大了眼睛，然后她扑进埃琳娜的怀里。"我就知道你会来找我！你是来解救我的吗？爸爸在哪里？"

"别担心，他出了点事，住院了，但很快就会好的。他感到很抱歉，不能和我一起来。"

"等他好了,我们可以一起去滑雪橇,对吗?"

"是的,亲爱的。"埃琳娜说着后退一步。

"我的头发还会再长吗?"

"当然会,会回到自然色。"

露西对她微笑:"你真是个超级厉害的妈妈,埃琳娜。"

埃琳娜把脸靠在孩子的肩膀上,暗想:天哪,他们为什么还不来?我快撑不下去了。

露西在她的怀里转过身,问:"那个人是谁?"

"别用手指,亲爱的,他是这位女士的朋友。"

"安妮阿姨的朋友?她说过他要来,但是我不明白……"

"这就是露西?"彼得罗夫走过去,把手放在她细细的脖子后面,说道,"漂亮的小女孩。露西,我们现在都要走了。不错的柠檬水,快喝完,我们马上出发。"

露西拿起杯子,想起安妮阿姨告诉她的话。安妮正紧张地坐着,几乎不敢呼吸,她感到困惑和无助,她不知道彼得罗夫心里在想什么,他是打算像为保罗和露西计划的那样,把拉格比夫人送上同样的不归路,还是打算接受她的交易?挫败感和不祥的预感笼罩着安妮,她曾自豪地接受任务,并有效地执行,可现在,这一切都消失在虚幻之中。最后几天,这种虚幻感越发严重,让未来变得不可触及。

安妮看见露西假装喝着饮料,然后穿过房间,朝屋角的一盆植物走去。她想,露西倒饮料的时候,自己必须分散彼得罗夫的注意力,对这个勇敢的孩子来说,现在就死是毫无意义的浪费,只会满足彼得罗夫的占有欲。安妮起身，走向彼得罗夫和露西之间，但她又停了下来，她突然想到，要是彼得罗夫杀害孩子的时候她睡着了，可能会更好，这样会减少些痛苦。

埃琳娜·拉格比坐在那里一声不吭。安妮心想，她那模样仿佛在祈祷，或者在等待什么事情，而这件事现在已经不归她管。

"柠檬水还没喝完吗？"彼得罗夫咆哮着走向孩子。

门突然打开，保罗·坎宁安踉跄着走了进来。他在几分钟前下了车，尽管农场阻挡了从小屋到埃加斯韦尔的视线，但从小屋右侧三十米处的车库却能看到。保罗从车库的窗户向外瞥了一眼，注意到一帮警察走进了农场，帽子和枪口从树篱上方隐约可见。

有一两分钟，保罗陷入绝望，他犹豫不决，不知所措。一切都结束了，等待他的将是耻辱和长期监禁，如果他直接去农场把一切都向警察坦白，监禁时间可能会短点。但彼得罗夫会注意到他，比起警察，他更怕彼得罗夫，又怕又恨，担心摆脱不了他的束缚。就像一个少年，如果父亲强势、机智而又严厉，那少年就永远也逃离不了他的魔掌。彼得罗夫的轻蔑让保罗感到痛苦，就像他颧骨的疼痛。如果他站在彼得罗夫一边，像个孝顺儿子一样，走进房间，把所见所闻告诉他，轻蔑或许就会变成感激，甚至是钦佩。也许凭借其阴险狡诈，彼得罗夫能逃出陷阱，甚至把他也带走。想到这，保罗发动引擎，在雪地里摇摇晃晃地朝小屋开去。

"我告诉过你待在车里别动啊！"彼得罗夫喊道。

"警察！我看见警察走进农场，他们有枪！"保罗喘着气说。

彼得罗夫猛地朝埃琳娜转过身来，像是要逼她跳下悬崖："臭婊子！"

他从大衣口袋里掏出左轮手枪，一只手掐住露西的脖子。他准备跑到车库，把孩子作为挡箭牌，挡在自己和警察之间，然后伺机逃跑。

"不要碰孩子！"埃琳娜跳了起来，但彼得罗夫把她推回到靠窗的座位上。

"后门。"保罗说，"他们会从前面包围。"

埃琳娜又向彼得罗夫冲去，但他把露西甩到身前，挡在两人中间，说："别挡我的路，否则我开枪打死你俩。"

彼得罗夫退回过道，穿过储藏室，用握枪的那只手去摸身后的门把手。埃琳娜像只母老虎一样追着他。他拉开后门时，她从他手里抢走了露西。

"快跑！"她哭喊道。她在门槛处，正站在露西和彼得罗夫之间。

彼得罗夫朝埃琳娜开了一枪，她用尽最后力气，在面前砰地把门关上，把他锁在门外。

奈杰尔从农舍的卧室窗户听到枪声，他跑到楼下院子里，拖拉机就在那儿，发动机在隆隆响，吉姆坐在驾驶位上。"在那等着！"奈杰尔叫了一声，越过农家院子和小道之间的树篱向外张望。斯巴克斯和同伴刚刚出发，正沿着小路左边的草地向前移动。迪肯警员手下的两个家伙跌跌撞撞地走下小屋后面的山坡，离小屋还有五十米远。

彼得罗夫沿着屋后的幽深过道偷偷溜走，他们看不见。彼得罗夫来到车库，赶在院子里面的步枪手开枪之前溜了进去。斯巴克斯带领队伍想从前面拦住，但他们离车库门还有二十米远时，汽车冲出了车库，沿路加速行驶。

斯巴克斯的几个手下拼命想把送奶工工作服下面的武器拿出来，但还没摸到枪，彼得罗夫已经冲出去了。斯巴克斯跳上车子一侧的踏脚板，又被弹回雪地上。他的手下开始朝后撤的汽车开火，院子里的一名步枪手打碎了汽车的挡风玻璃，但司机显然没有受伤。

奈杰尔看见汽车冲出车库，他打着手势，对吉姆喊道："把拖拉机开过去！挡住车道！"

吉姆没有及时赶到，因为拖拉机一加速就熄火了。他立刻又重新启动，慢慢地驶出农场，朝车道开去。他能听到步枪射击的噼啪声，坐在高高的座位上，隔着树篱，他看见一辆汽车的车顶在十来米远处疾驰而下。他加速前进，拖拉机撞上了汽车的腰部位置，把汽车从侧面甩到了车道边缘，然后再次撞上。拖拉机停了下来，前轮还在转个不停，就像一只巨大的蓝红纹章野兽，在猎物面前横冲直撞。

吉姆满意地自言自语道："撞到这个家伙了。"他拼命抓住方向盘，以免被甩出座位，手腕扭伤的疼痛和碰撞造成的瘀伤都值了。

斯巴克斯和奈杰尔跑了过来，眼前的一幕非常可怕。庞大的拖拉机压在上面，遭受撞击的汽车车体开始塌陷，慢慢压住司机。透过撕裂的金属和破碎的玻璃，他们看到彼得罗夫表情痛苦，发出阵阵尖叫声，像一只受困的猛兽。

他们无能为力，拖拉机一动不动地压在汽车上。一个警察从小屋那里跑了过来："孩子没事，先生。拉格比太太死了，她试图阻止他带走孩子,他开枪击中了她。我们还有两个人在看守。"

"谢天谢地!"克莱尔的声音从他们身后传来。她沿着小路走过来,混乱之中没有人注意到。奈杰尔想,如果彼得罗夫逃走了,疯狂的他很可能会撞死她。

"去找露西!"他说。

彼得罗夫终于不再尖叫,似乎在空气中留下了一个洞。一切回归平静,就像绵延至远方的大雪一样。渐渐地,这种寂静填补了彼得罗夫尖叫留下的空洞。

克莱尔走近小屋,一男一女戴着手铐从小屋里走了出来,两边都是警察。他们的脸上没有任何表情,像木偶一样移动。

客厅里,一名警员抱着露西,试图安慰她。男人们从农场出来,带着一个担架,要把埃琳娜的尸体抬走。

露西看到克莱尔又哭了起来,克莱尔把她从警员那里带走了。

"他想开枪打我。"露西抽泣道。

"一切都结束了,亲爱的,你现在很安全。奈杰尔和我会带你回到你爸爸身边,知道你是这么勇敢的女孩,他会为你感到骄傲。写一个关于辛德斯的故事,再折个纸飞镖,这主意绝对棒。"

"嗯,我自己也觉得这是超棒的主意,但我从没想过你会收到那封信。"露西哽咽了一声。

"嗯,我以后再告诉你。有一个很好的警员叫迪肯,他以前住在村里,他从你的描述中认出了这栋房子,于是我们都挤进车里,以令人目眩的速度开车来到这里,翻山越野,穿越农场。"

"我不信！"露西的眼睛开始闪亮。

"真的，两大片田野和一个农场。鸭子、母鸡和猪在我们面前四处逃散，这是一次了不起的越野行动"。

"埃琳娜和你一起来的吗？"

"是的，她才是真正救你的人。"

露西沉默了一会儿，心里琢磨着什么。两名男子经过窗口，但担架上的尸体在窗户以下，屋里的人看不见。

"他们真的是间谍吗？"露西问。

"嗯，是的。他们绑架了你，他们想用你换取你父亲的一个重要科学机密。"

"我明白了，他没有告诉他们机密吧。"

"没有。"

"那个大个子，他是间谍头子吗？"

"是的，你爸爸和他干了一架，这就是你爸爸住院的原因。他很勇敢，但彼得罗夫比他强壮得多。"

"可怜的爸爸。"

克莱尔认为现在是时候告诉露西那件事了，她说："你得对你爸爸格外好点，多给他一点爱。"

"埃琳娜也是。"

"亲爱的，恐怕你得弥补上埃琳娜的那份爱。"

露西拉着克莱尔的手，鼓起勇气问道："你是说，她已经死了？"

"是的，彼得罗夫开枪击中了她，她是为救你而死的。"克莱尔很快继续说道，"彼得罗夫本想带你一起走，但是埃琳娜阻止了他，她……"

"我知道，她把我抢过来，叫我跑，我就跑进了这个房间，然后听到可怕的枪响声。"露西哽咽了一下。

"埃琳娜是个真正的女英雄，永远不要忘记这一点。她对死亡并不遗憾，因为她知道你是安全的。"

露西陷入沉默，消化着这一切，然后又颤抖起来："他会回来吗？"

"彼得罗夫？不用怕！他试图驾车逃跑，老吉姆用拖拉机撞上他的车。之前还有过一场大战，你应该听到了枪声吧。"

"是的，我听到了……你是说，吉姆杀了他？"

"是的。拖拉机把汽车撞得稀烂，彼得罗夫被压在里面。"

"太好了。"露西说，她的灰色眼睛闪闪发光，"把他压成沙丁鱼。"

"对，压成了沙丁鱼。"克莱尔松了一口气。她的直觉是对的，露西毕竟只是个孩子，她对血淋淋的细节有一种孩子才有的单纯无知和有益健康的兴趣。运气好的话，上个星期的经历对她来说会变成一个童话，在这个童话中，食人魔令人不快，但结果让人满意。

"能快点去看爸爸吗？"露西问。

"走吧！"

图书在版编目（CIP）数据

生死寻踪 /（英）尼古拉斯·布莱克著；叶红卫，刘金龙译. —— 上海：上海文艺出版社，2023
（尼古拉斯·布莱克桂冠推理全集）
ISBN 978-7-5321-8714-0

Ⅰ.①生… Ⅱ.①尼… ②叶… ③刘… Ⅲ.①推理小说－英国－现代 Ⅳ.① I561.45

中国国家版本馆 CIP 数据核字（2023）第 040303 号

生死寻踪

著　　者：[英] 尼古拉斯·布莱克
译　　者：叶红卫　刘金龙
责任编辑：吕　佳
装帧设计：周艳梅
版面制作：费红莲
责任督印：张　凯

出版：上海文艺出版社
出品：上海故事会文化传媒有限公司
（201101 上海市闵行区号景路159弄A座3楼 www.storychina.cn）
发行：上海文艺出版社发行中心
（上海市闵行区号景路159弄A座2楼206室）
印刷：上海中华印刷有限公司
开本：889毫米×1194毫米　1/32　印张8.25
版次：2023年7月第1版　2023年7月第1次印刷
ISBN：978-7-5321-8714-0/I.6864
定价：45.00元

版权所有·不准翻印

上海故事会文化传媒有限公司出品（01131）www.storychina.cn

想看更多精彩故事？扫码下载故事会APP

上海故事会文化传媒有限公司所有图书可办理邮购，免收邮费（挂号除外）
汇款地址：上海市闵行区号景路159弄A座2楼206室（201101）
收款人：上海故事会文化传媒有限公司出版发行部
联系电话：021-53204159
如发现本书有质量问题，请与印刷厂质量科联系T：021-60829062